Début d'une série de documents
en couleur

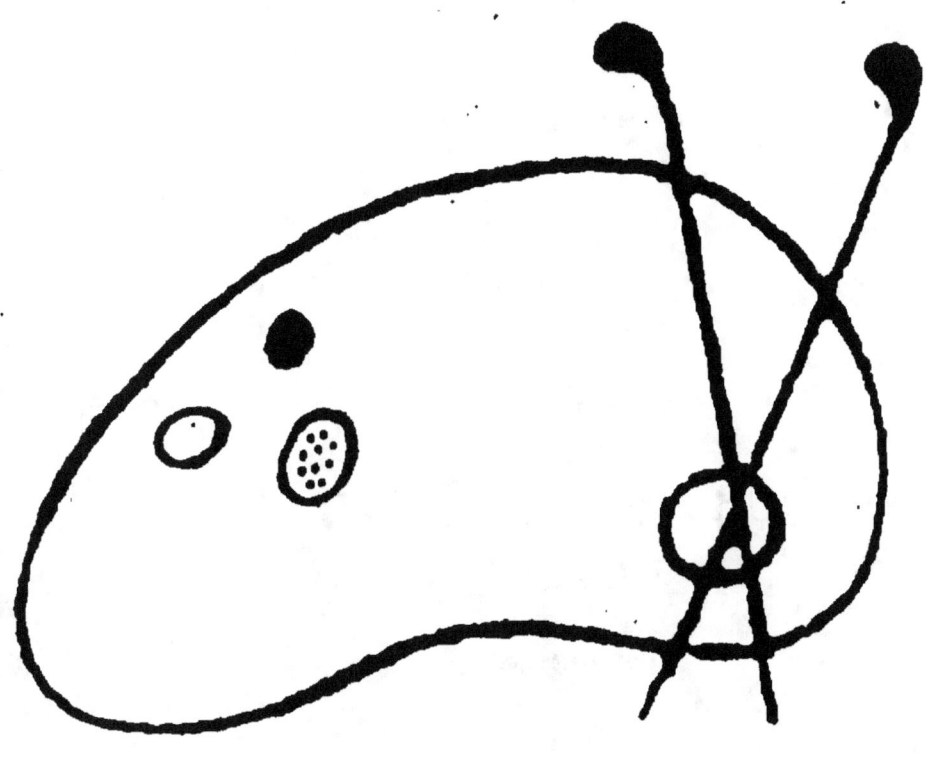

Fin d'une série de documents
en couleur

CONTES

POUR LES ENFANTS.

———

4ᵉ SÉRIE IN-12.

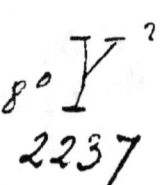

CONTES

POUR

LES ENFANTS

TRADUIT ET IMITÉ

DU CHANOINE SCHMIDT.

LIMOGES
EUGÈNE ARDANT ET Cie, ÉDITEURS.

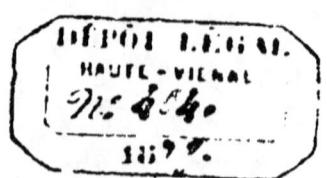

HISTORIETTES

POUR FORMER

L'ESPRIT ET LE CŒUR.

I. LA PRIÈRE AU LEVER DU SOLEIL.

Un vieux paysan, qui s'était fait pendant toute sa vie remarquer par sa piété, partit un jour de grand matin pour s'en aller travailler aux champs : son petit-fils, enfant de sept à huit ans, qui était venu passer quelques jours à la campagne, le suivit pour assister au lever du soleil, spectacle imposant et sublime que bien des habitants des villes n'ont jamais vu, quoiqu'il se renouvelle tous les jours et ne coûte rien.

Comme ils arrivaient dans la plaine, l'astre se leva ; d'abord ce n'était qu'une bande rougeâtre à l'horizon, mais bientôt elle s'accrut comme un vaste incendie, et l'orient parut tout en flammes. A ce moment le vieillard découvrit ses cheveux blancs et prononça quelques paroles à voix basse, dans une attitude respectueuse. L'enfant, qui ouvrait de grands yeux et poussait des cris de joie en présence du beau spectacle, s'aperçut

pourtant de ce qu'avait fait son grand-père, et
lui en demanda la raison.

— Mon enfant, lui répondit le vieillard,
quand le soleil se lève, c'est la gloire de Dieu
qui se manifeste à nous dans le plus beau de ses
ouvrages. L'auteur de toutes choses n'est jamais
éloigné de chacun de nous, puisque c'est lui qui
donne la vie et le mouvement; mais quand le
soleil paraît dans le ciel avec tant de magnifi-
cence et d'éclat, si nous ne pensons pas à Dieu,
sa présence nous y fait penser, comme une belle
œuvre nous rappelle naturellement celui qui l'a
faite. Tu sais bien, mon enfant, que c'est Dieu
qui a créé le ciel et la terre.

— Oh! oui, certainement, répondit le petit garçon, et c'est à nous d'adorer sa puissance infinie.

— C'est précisément ce que tu m'as vu faire,
dit le vieillard; c'est ce que font chaque matin
les habitants de la campagne qui ont toujours
présent ce magnifique témoignage de la grandeur de Dieu.

— Eh bien! dit l'enfant, les yeux mouillés de
larmes, je veux me lever comme eux avant le
jour, afin d'avoir comme eux ce beau sujet de
prière et d'oraison.

— Dieu te bénira, mon fils, dit le vieillard,
en l'embrassant :

> Les cieux racontent votre gloire,
> Le soleil nous apprend à bénir votre main;
> Faites que nous gardions, Seigneur, votre mémoire
> Jusqu'au jour éternel sans soir et sans matin.

2. L'ENFANT ET LES PÊCHES.

Le petit Auguste alla un jour chez un enfant de son âge pour le prendre et l'emmener à l'école. Il ne vit personne dans la maison; en regardant de tous côtés, il aperçut un panier de pêches sur une table.

— Les beaux fruits! s'écria-t-il : et ses mains suivaient déjà ses yeux; il allait prendre une de ces pêches qui lui faisaient tant d'envie.

— Mais non, dit-il en se reprenant aussitôt; cela ne serait pas bien. Je n'ai pas le droit de toucher à ces fruits, et, quand les hommes ne me verraient pas, Dieu me verrait.

A ces mots il laisse le panier et veut sortir avec la douce joie d'avoir résisté à une forte tentation.

— Écoute, Auguste! cria derrière lui une voix qui partait d'un coin de la chambre. L'enfant qui s'était cru seul se retourna tout effrayé : il vit alors un vieillard assis dans un fauteuil et qu'il n'avait pas remarqué d'abord à cause du poêle qui le cachait.

— Tu es un honnête enfant, lui dit ce vieillard, et je vois que tu as la crainte du Seigneur; il t'en récompensera lui-même un jour, si tu gardes avec soin dans ton cœur ces pieux sentiments : en attendant prends dans ce panier

autant de pêches que tu voudras, et n'oublie
jamais cette belle sentence :

> Du haut de sa sainte demeure
> Un Dieu toujours veillant nous regarde marcher;
> Il nous voit, nous entend, nous observe à toute heure,
> Et la plus sombre nuit ne saurait nous cacher.

3. L'ENFANT QUI NE VEUT PAS MENTIR.

Charles se plaisait plus que tous ses frères
dans la chambre de sa tante Gertrude, femme
déjà sur l'âge, qui était presque toujours malade et ne sortait jamais : il aimait à lui faire
compagnie, et profitait beaucoup des leçons pleines de sagesse qu'il en recevait.

Un jour on frappe à la porte de maison;
Charles se hâte d'aller ouvrir : c'était un étranger qui demandait sa tante. Il monte bien vite
à sa chambre et lui dit qu'un étranger, dont il
lui fait la peinture, vient pour lui parler.

— Dis-lui, répond Gertrude, que je ne suis
pas à la maison.

Charles s'en va pour s'acquitter de ce devoir,
mais, en descendant l'escalier, l'enfant se met
à réfléchir en lui-même : c'est une chose bien
singulière, pense-t-il; ma tante m'a toujours
dit de fuir le mensonge comme un très grand
péché, et maintenant voici qu'elle m'ordonne
elle-même de mentir à cet étranger qui la demande. Voudrait-elle par hasard m'éprouver?
en tout cas je ne dirai point à cet homme ce que

je sais être faux, puisque ma tante est certainement à la maison.

Pour ne rien faire à sa tête, il prit conseil de
sa mère qu'il rencontra sur l'escalier.

— Cher enfant, lui répondit celle-ci toute
joyeuse de sa probité naïve, tu as raison; ta
tante s'est trompée; elle devait te charger de
dire qu'elle était malade et hors d'état de recevoir; cours donc vite porter cette réponse à
l'étranger.

> Heureux l'honnête enfant do. t la sincérité
> Craint de dire un seul mot contre la vérité!

4. LES EFFETS DE LA PRIÈRE.

Christophe, petit garçon bien différent de
celui dont il est question dans l'histoire précédente, avait contracté une telle habitude du mensonge, qu'il mentait en quelque sorte malgré lui.
Il eût donné beaucoup pour se délivrer de ce
vice qui était devenu une espèce de maladie;
mais ni les réprimandes, ni les humiliations, ni
les châtiments n'avaient pu l'en guérir.

Un jour qu'il venait de faire un mensonge
si grossier que sa mère en rougissait pour lui,
Christophe se mit à fondre en larmes, et lui
dit : — Je suis bien malheureux! je voudrais ne
pas mentir, parce que je sais bien que c'est un
vice bas et honteux, et que d'ailleurs ma mauvaise foi ne tourne jamais qu'à ma confusion;

mais je ne puis m'en défendre, c'est une habitude plus forte que toutes mes bonnes résolutions. Que faut-il donc que je fasse pour n'y plus retomber?

— Mon enfant, lui dit sa mère, il y a un moyen très simple et très sûr de te préserver du mensonge, c'est de n'en avoir jamais besoin. Fais bien attention que tu ne mens pas précisément pour le plaisir de mentir, ce qui serait une manie incurable; mais tu mens parce que tu fais le mal, pour éviter la honte et les reproches qu'il amène après lui. Si tes actions étaient bonnes, tu aimerais mieux la lumière que les ténèbres; mais comme elles sont mauvaises, tu aimes mieux les ténèbres que la lumière. Voilà ton malheur, mon enfant, c'est que tu te mets toujours dans la nécessité de mentir, et que le mensonge est en quelque sorte lié à chacune de tes actions. Maintenant veux-tu sincèrement te réformer? travaille à ne plus retomber dans les fautes que tu commets si souvent; tu me diras que cela n'est point facile, parce que l'habitude est forte et enracinée; mais rien n'est impossible à Dieu, qui seul peut nous accorder la grâce de nous corriger : c'est donc à lui que tu dois demander la force nécessaire pour vaincre tes défauts et tes vices, ainsi que le mensonge qui en est la funeste conséquence.

Christophe comprit la vérité de ces paroles, et ne songea plus qu'à mettre en pratique les sages conseils de sa mère. Chaque fois qu'il se trouvait tenté de commettre une mauvaise action, il pensait au mensonge qu'elle amènerait après elle ; alors il tombait à genoux et se mettait à prier : « Sainte Marie, ma mère, s'écriait-il en pleurant, invoquez pour moi le Dieu de vérité, afin qu'il me délivre du mal, et que le mensonge ne soit plus dans ma bouche. »

Dieu ne refuse point ses dons à ceux qui les lui demandent avec foi. Christophe voulait sincèrement se corriger de ses mauvaises habitudes ; aussi ne tarda-t-il pas à devenir un enfant parfait, et à donner à ses parents autant de joie qu'il leur avait jusqu'alors causé de honte et de chagrin.

> Vous qui voulez vous corriger du vice
> Et du mauvais esprit surmonter la malice,
> Invoquez le Seigneur et n'espérez qu'en lui :
> Sa grâce deviendra votre plus ferme appui.

5. LES VRAIS BIENS.

Deux voisins, l'un riche et l'autre pauvre, avaient chacun une nombreuse famille. Melchior, le riche, trouva bon de ne rien faire apprendre à ses enfants, persuadé que la fortune qu'il avait à leur donner pouvait leur tenir lieu de tout. Simon, qui était pauvre, n'en jugeait pas de même ; il pensait que le meilleur héritage pour des enfants est une bonne éducation.

— Je ne suis point riche comme notre voisin, disait-il à ses fils et filles, et je ne puis vous

laisser de quoi vivre sans rien savoir et sans
rien faire. Travaillez donc à vous rendre savants et habiles; profitez des sacrifices que je
fais pour vous et des privations que je m'impose
avec joie.

Excités par ces paroles, les enfants de Simon
travaillaient avec zèle et acquéraient de précieuses connaissances, tandis que ceux de Melchior grandissaient dans l'ignorance et l'oisi-
veté.

Une nuit, la maison de Melchior fut pillée
par des brigands que sa richesse avait attirés, et
qui ne lui laissèrent presque rien. Le pauvre
homme vint aussitôt se plaindre chez son voisin.

— Votre malheur m'afflige, lui dit Simon. Je
ne suis pas assez riche pour venir à votre secours; mais je le pourrai plus tard, si les espérances que me donnent mes enfants ne sont pas
trompées.

Au bout de quelques mois un nouveau malheur tomba sur Melchior et sur sa famille: le
feu prit à sa maison, qui fut entièrement consu-
mée. Le malheureux, privé de tous les biens
dans lesquels il avait mis sa confiance, fut réduit
à mendier. Ses enfants étaient grands et forts,
mais ignorants et incapables de travail; ils firent
comme leur père et demandèrent l'aumône avec
lui.

Simon, qui était un homme doux et sensible,
vit avec peine le triste état de Melchior et de sa
famille.

— Mes amis, dit-il à ses enfants, voyez la conséquence d'une fausse idée. Cet homme n'a jamais réfléchi qu'à tout moment il pouvait perdre sa fortune, et que rien n'est moins assuré que la possession des biens qui ne sont pas en nous; il n'a rien prévu, que dis-je? il eût cru mal faire en donnant à ses fils une éducation solide que ni les voleurs ni l'incendie n'auraient pu leur ôter : ce qui fait qu'aujourd'hui ses enfants, loin de pouvoir lui être utiles, sont incapables de s'aider eux-mêmes et de gagner leur vie. Cet homme est bien à plaindre, car il ne peut accuser dans son malheur que son imprévoyance. Pour vous, mes enfants, comprenez l'avantage de l'éducation que vous avez reçue; vous n'êtes point riches encore; mais, si le Seigneur bénit vos travaux, vous le serez avant peu d'années. Voulez-vous mériter de l'être? venez au secours de cette malheureuse famille. Le père est un homme religieux et bon qui n'a péché que par une folle confiance dans ses biens périssables; la leçon qu'il reçoit le rendra sage avec le temps : ses enfants ne sont point mal nés, et l'expérience leur a déjà fait comprendre la nécessité du travail. Vous m'entendez sans doute : c'est une bonne œuvre à faire et nous ne devons pas y manquer.

Les enfants de Simon consentirent avec joie à ce que désirait leur père : ils prirent chez eux Melchior et sa famille. Ce fardeau leur parut lourd dans les premiers temps; mais Dieu bénit

leurs efforts et les aida dans cette bonne œuvre.
Au bout de quelques années, les enfants de
Melchior, instruits par ceux de Simon, étaient
capables de gagner leur vie avec honneur et de
soutenir la vieillesse de leur père, qui ne cessait
de louer la prudence et l'excellent cœur de son
voisin.

Les biens extérieurs sont toujours périssables
Un voleur les emporte et le feu les détruit.
Amassons bien plutôt les richesses durables
Que nous portons en nous, que nul ne nous ravit.

6. FAIRE LE BIEN POUR LUI-MÊME.

Rosette revint un jour de l'école les yeux tout
rouges et gonflés. Son père vit qu'elle avait
pleuré.

— Ma chère enfant, lui dit-il, tu as eu du
chagrin, il faut m'en dire la cause.

La petite fille se mit à pleurer et à sangloter :

— C'est, dit-elle, que M. le Curé est venu aujourd'hui à l'école et qu'il a donné des récompenses à toutes les petites filles.

— Tu en as donc reçu ta part? lui demanda
son père.

— Hélas! non, continua-t-elle en pleurant
plus fort, il n'y a que moi qui n'ai reçu ni com-
pliment ni récompense; pourtant je savais aussi
bien que les autres et j'étais aussi en état de répondre, mais M. le Curé ne m'a point interro-
gée. Il a loué plusieurs de mes camarades pour

leur bonne tenue à l'église; je suis sûre de m'y être toujours bien conduite, et il n'a pas dit un seul mot de moi. Je savais de plus un beau cantique en l'honneur de la Vierge, que les autres n'avaient point appris; mais cela ne m'a servi de rien, parce qu'on ne m'a pas dit de le chanter; il faut que je sois bien malheureuse.

— Rosette, lui dit son père, voilà donc la cause de ton chagrin; tu t'affliges de n'avoir point reçu ta part des compliments et des belles images. Mais dis-moi : quand tu te montres studieuse et appliquée, c'est donc seulement en vue des éloges que tu t'attends à recevoir? si tu te conduis bien à l'église en présence des saints mystères, c'est donc pour les hommes et non pour Dieu : et tu crois n'avoir rien fait en apprenant un beau cantique en l'honneur de la Vierge, parce que tu n'as pas eu l'occasion de le chanter? au lieu de te plaindre en cette circonstance, je me réjouis plutôt de ce petit désappointement qui t'arrive; je vois que tu as oublié ce que je t'ai dit souvent, que nous devons faire le bien pour le bien même, et non pour le profit ou l'honneur qui doit nous en revenir. Si tu avais retenu mes paroles, tu te serais épargné bien des larmes; tu aurais dit : J'ai fait mon devoir; puisque je ne reçois pas aujourd'hui ma récompense, c'est que Dieu ne le veut pas, et que peut-être il juge à propos de m'éprouver. Je n'en continuerai pas moins de faire ce qui est juste, parce que le point essentiel n'est pas d'obtenir la récompense, mais de la mériter. Voilà, ma fille, ce que je suis forcé de te redire ; fais en sorte que ce soit pour la dernière fois.

> Pratiquons la vertu, mais pour la vertu même,
> Jamais le bien qu'on fait ne peut être perdu ;
> Dieu récompensera tôt ou tard ceux qu'il aime ;
> Et nous ne perdrons rien pour avoir attendu.

7. LES FRUITS SAINS ET LES FRUITS GATÉS.

— Qu'as-tu donc appris à l'école ? demandait un père à son fils.

— Pas grand'chose, papa, le maître nous a fait de la morale et nous a dit qu'il faut fuir les mauvaises sociétés ; je ne demande pas mieux, mais je ne sais ce que c'est que les mauvaises sociétés.

— Mon enfant, si le maître n'a point cherché à te l'apprendre. c'est qu'il pensait que tu le savais, lui répondit son père : par mauvaises sociétés, en général, on entend les hommes qui ne vivent point selon la saine doctrine, et qui attirent les autres dans le mal par leurs discours et par leurs exemples. Il faut les fuir parce qu'ils sont à la fois corrompus et corrupteurs, et que le vice qui les ronge s'étend comme une maladie contagieuse et se propage comme le feu. Pour les écoliers de ton âge, les mauvaises sociétés. Ce sont les enfants rebelles qui sont désobéis-

sants à leur père et à leur mère, paresseux, voleurs, et qui, par leurs vices mêmes, sont portés
à détourner les autres de leurs devoirs. Un
honnête enfant qui les fréquente, sera bientôt
perverti comme eux.

— Cependant, mon père, dit le petit garçon,
il me semble, au contraire, que les enfants sages
devraient fréquenter ceux qui ne le sont pas
afin de les ramener au bien par leurs bons
exemples.

Une visite vint au père en ce moment, et il
ne put répondre à la question que lui faisait son
fils.

Mais le soir, à souper, il fit, sur la table, servir
des pommes gâtées, et dit à l'enfant : — Va
chercher quelques pommes saines et mets-les
avec celles-ci ; les bonnes rendront aux mauvaises leur fraîcheur et leur beauté.

— C'est ce que je ne crois pas, cher papa,
dit le petit garçon ; je craindrais plutôt de voir
les pommes saines gâtées par les autres.

— Eh bien ! dit le père, tu as répondu toi-
même à ta question de tantôt. De même que ce
ne sont point les fruits gâtés, mais tout le contraire, de même aussi les mauvais enfants auront plus de force pour corrompre les autres, que
les autres n'en auront pour les corriger. Tu sais
maintenant, mon fils, ce qu'on entend par les
mauvaises sociétés et quel est le danger de s'y
livrer, même avec l'intention louable de rame-

ner dans le bon chemin les malheureux qui
s'en écartent.

Le vice est comme un feu que toujours il faut craindre,
Il brûle trop souvent la main qui veut l'éteindre.

8. UNE RUDE LEÇON.

André, petit enfant de sept ans, ne se plaisait
qu'à tourmenter les animaux et à les faire souffrir. Il aimait à les voir palpiter sous les coups,
et leurs cris douloureux lui causaient une joie
féroce.

Les enfants de son âge avaient beau lui faire
honte de cette manie cruelle qui annonçait le
plus mauvais cœur, il ne s'en corrigeait pas:
bien plus, même, elle ne fit que se fortifier avec
l'âge : quand il fut devenu plus grand et plus
fort, il se mit à battre aussi les petits garçons et
les petites filles. Son plus grand bonheur était
de les faire pleurer.

Passant un jour devant la maison d'un paysan, il vit près de la porte deux petits moutons
attachés par les pieds. Il ne manqua pas de s'en
approcher pour leur faire du mal : il se mit à leur
tirer la laine, à leur donner des coups de pied,
et les pauvres bêtes s'agitaient convulsivement
dans leurs liens. André, qui se croyait seul, était
au comble de la joie, quand un homme, caché
derrière la porte, s'élance tout-à-coup sur lui, le
saisit par les cheveux et le secoue si rudement

qu'il en est tout étourdi. La douleur lui arrache des cris affreux.

— Ah! ah! dit le paysan, cela te fait mal et tu n'aimes pas à souffrir. Penses-tu donc que ces pauvres animaux ne souffraient pas aussi quand tu les tourmentais?

Cette leçon était rude, mais André en avait besoin puisque toutes les réprimandes de ses parents et de ses maîtres n'avaient pu le corriger de sa cruelle habitude. Depuis ce moment il se garda bien de faire souffrir aucun animal et de tourmenter les petits enfants.

Gardez-vous, mes enfants, par un cruel caprice
De tourmenter jamais de pauvres animaux.
Ils souffrent comme nous : pourquoi causer leurs maux?
Ce barbare plaisir mène à toute injustice.

9. COMMENT IL FAUT PRIER.

Paul, joli petit garçon de dix ans, désirait avec ardeur satisfaire ses parents et ses maîtres; il avait compris la nécessité d'être un honnête enfant, afin d'être plus tard un honnête homme. Toutes ses idées, tous ses efforts tendaient à se corriger de ses défauts et à se donner les bonnes qualités qu'il n'avait pas. Le pauvre enfant se trouvait bien heureux quand il recevait de ses maîtres une louange qu'il sentait avoir bien méritée; cependant, comme il avait une idée très claire de ses devoirs, il s'affligeait de ne pouvoir pas les remplir aussi bien qu'il les con-

cevait. Les petites fautes où il tombait encore
le désolaient. Au lieu de se dire : Je ferai mieux
demain, il se demandait avec douleur : Pourquoi
faut-il que j'aie commis cette faute aujourd'hui?
à quoi tiennent ces inégalités dans ma conduite? Ces réflexions l'affligeaient profondé-
ment.

Un soir, il avait une lettre à porter au presbytère : M. le curé qui l'aimait à cause de sa piété
naïve et de son excellent caractère, lui dit, en
le voyant entrer : — Eh bien ! Paul, comment
cela va-t-il aujourd'hui?

— Pas trop bien, M. le curé, dit l'enfant, et
il se mit à baisser les yeux.

— Comment donc, pas trop bien? que t'est-il
arrivé?

— Non, pas trop bien, je n'ai pas fait ce que
j'aurais voulu.

— Tu as donc fait ce que tu ne voulais pas?

— Oui, M. le curé : j'avais pris hier de bonnes résolutions et je ne les ai pas tenues; je
m'étais promis de faire avec joie toutes les volontés de mon père, et je n'ai obéi qu'avec répu-
gnance. Je ne sais à quoi cela tient, et je me
trouve bien malheureux d'avoir si peu de force.

— Je te plains, mon enfant; mais je crois
que si tu connaissais la cause de ta faiblesse tu
deviendrais plus fort. Je crois la connaître :
dis-moi, comment avais-tu fait ta prière ce matin?

— Comme à l'ordinaire, M. le curé.

— Tu n'as pas l'air d'entendre ma question : je ne te demande pas si tu as fait ta prière aujourd'hui comme d'habitude, mais si tu es sûr d'avoir bien prié ; que me dis-tu ?

L'enfant baissa les yeux en rougissant et ne répondit pas.

— Vois-tu, mon ami, continua le curé, toutes nos actions de la journée dépendent de la manière dont nous avons fait la prière le matin ; pour bien finir, il faut avoir bien commencé. Réfléchis et tâche de te rappeler quelques-uns des jours où tu n'as pas été content de toi, comme aujourd'hui, tu verras que tu avais prié avec négligence et dans des dispositions peu convenables : rappelle-toi de même les jours où ta conduite a été bonne, et tu trouveras qu'une bonne prière avait commencé ta journée. Sais-tu ce que c'est que la prière du cœur et la prière des lèvres ?

— Non, monsieur le curé.

— La prière du cœur, mon enfant, c'est celle que tu as faite les jours que tu t'es bien conduit ; c'est la véritable prière qui obtient tout de Dieu parce qu'elle demande avec désir, avec amour, avec une foi parfaite, en un mot, parce qu'elle part du cœur. La prière des lèvres n'est qu'un vain bruit ; c'est une suite de paroles prononcées sans chaleur, sans recueillement, sans conviction. Celle-là, Dieu ne l'exauce point, car il dit dans son évangile : « Ce peuple me prie des lèvres, mais son cœur est loin de moi. » C'est ainsi que tu pries toutes les fois que tu dois commettre des fautes.

— Ah! je le vois maintenant, M. le curé; pour bien me conduire tous les jours, il me faut bien prier tous les jours aussi.

— C'est cela, mon enfant; il faut prier de cœur et d'esprit, c'est-à-dire avec une claire intelligence de ce que tu demandes à Dieu, et un désir ardent de l'obtenir. Tu dois donc, pour que ta prière soit puissante et efficace, te bien pénétrer d'abord de la grandeur de Dieu, de sa miséricorde infinie, du besoin que tu as de son secours; après cela, tu sais quel bien tu te proposes de faire dans la journée, quel est le mal que tu veux éviter, en un mot, l'ensemble des devoirs qui conviennent à ton âge et que tu veux remplir. Si tu pries dans ces dispositions, Dieu te donnera la force nécessaire pour l'œuvre de chaque jour, et il ne t'arrivera plus d'être mécontent de toi-même comme tu l'es aujourd'hui.

Paul promit au bon curé de suivre ses conseils et lui demanda la permission de revenir le voir dès qu'il serait plus content de lui-même. L'homme de Dieu le lui permit bien volontiers, et, dès le lendemain, au coucher du soleil, il le vit accourir au presbytère, plein de joie et de consolation.

> Dieu peut tout, mes enfants; une vive prière
> Doit nous faire obtenir les dons de sa bonté.
> Lui seul peut nous donner la grâce nécessaire
> Pour accomplir en tout sa sainte volonté.

10. LE CONSEIL DU PÈRE.

Un homme avait eu le bonheur, dans un naufrage, d'aborder à une île déserte avec sa femme et trois enfants en bas âge. Quelques jours même après son arrivée dans cette île, il avait trouvé quelques provisions et un peu de blé parmi les débris du navire échoué sur la côte. Son premier soin fut de labourer la terre, qui était grasse et fertile, et de semer le grain qu'il avait, afin de ne point se trouver au dépourvu quand ses faibles ressources viendraient à lui manquer.

La prévoyance de cet homme avait été sage; il eut au bout de quelques mois une récolte assez abondante pour se nourrir toute l'année, lui, sa femme et ses enfants. Il fit de même les années suivantes et recueillit encore beaucoup de blé.

Au bout de quelque temps sa femme vint à mourir et il resta seul avec ses trois enfants. Alors il se dit à lui-même: je puis mourir aussi, et mes enfants, trop jeunes pour labourer la terre et pour l'ensemencer, seront en danger de mourir de faim si je ne travaille pas dès aujourd'hui pour le temps où je ne serai plus avec eux.

Alors il se mit à labourer une plus grande étendue de terre et obtint de plus riches moissons. Tout ce qui ne servait pas aux besoins présents, il le mettait en réserve pour l'avenir. Il fit ainsi pendant plusieurs années consécutives, au bout desquelles il tomba dangereusement malade.

Sentant sa fin prochaine, ce bon père appela ses enfants qui étaient déjà dans la fleur de l'âge, et leur dit :

— Mes enfants, l'heure est venue pour moi d'aller rejoindre votre mère dans un monde meilleur : vous allez être seuls sur cette terre; mais ne craignez rien : les cabanes que j'ai bâties sont pleines de provisions pour plusieurs années, et si vous êtes sages vous ne manquerez de rien après moi. Seulement n'oubliez pas, dès que j'aurai fermé les yeux, de vous partager en frères ce que je vous aurai laissé, et de vous mettre aussitôt à labourer et à ensemencer une partie de terre que vous choisirez, l'un au midi, l'autre au levant, le troisième au couchant, sans toutefois vous éloigner beaucoup l'un de l'autre.

Leur père mort, les trois enfants se partagèrent le blé qu'il avait amassé pour eux, et chacun d'eux s'en alla de son côté, suivant le conseil qu'ils avaient reçu de lui.

Mais arrivé au lieu qu'il avait choisi pour son partage, l'aîné se dit : j'ai du blé pour plusieurs années, et la terre que j'habite est riante et agréable; au lieu de me consumer péniblement à déchirer son sein, je ferai mieux de jouir en paix de ses délicieux ombrages. Il sera toujours temps de semer plus tard.

Le second ne raisonna pas plus sagement : cette terre est si bonne qu'elle n'a pas besoin de culture, pensa-t-il ; il y a ici beaucoup d'eau ; il suffit de jeter le blé sur le sol : il poussera de lui-même.

Au bout de quelques années, celui des deux frères qui n'avait ni labouré ni semé, se trouvant privé de toute ressource, alla vers celui qui avait semé sans labourer ; il le trouva aussi misérable que lui-même. Qu'allons-nous devenir ? se disaient-ils l'un à l'autre : si notre jeune frère n'a pas été plus sage que nous et qu'il ne puisse pas nous aider, nous mourrons de faim pour n'avoir pas suivi les conseils de notre père.

Heureusement pour eux que le plus jeune des trois frères avait été le plus sage. A peine arrivé dans la partie de l'île où il devait se fixer, il s'était mis aussitôt à labourer et à semer sans perdre un seul moment, de sorte qu'il était riche et heureux quand il reçut la visite de ses frères ; il vint à leur secours ; cette leçon suffit pour leur faire comprendre leur imprudence.

> Comme on ne sait jamais quand on doit recueillir,
> Il faut semer d'avance et prévoir l'avenir.

11. L'ORDRE ET LE DÉSORDRE.

Ferdinand et Jules étaient frères, mais ils ne se ressemblaient pas. Le premier s'était habitué

de bonne heure à mettre de l'ordre en toute chose
et à si bien régler sa journée qu'il savait toujours ce qu'il avait à faire. Il se couchait et se
levait régulièrement à heure fixe ; et ses études
et ses jeux étaient réglés d'avance, et il ne lui
arrivait jamais de chercher longtemps dans sa
chambre ce dont il avait besoin, parce que chaque chose était mise à sa place. De cette manière
il ne perdait pas un moment, et ses progrès
étaient rapides.

Jules semblait au contraire ne respirer à son
aise que dans le désordre : sa chambre était un
chaos où rien ne se trouvait à sa place, de sorte
que s'il avait besoin d'un livre, il perdait à le
chercher le temps qu'il aurait dû mettre à s'en
servir. Le même désordre régnait dans sa tête :
il ne savait jamais ce qu'il avait à faire, et toutes
ses journées se consumaient à commencer mille
choses qu'il oubliait à l'instant même et n'achevait pas. Nécessairement il ne faisait aucun progrès, parce qu'il n'y avait ni règle dans sa vie,
ni suite dans ses idées.

— Mes enfants, dit un jour le père de Ferdinand et de Jules, votre cousin doit venir aujour-
d'hui ; il voudra sans doute examiner vos travaux et connaître le résultat de vos études. Ré-
pondez à toutes ses questions ; montrez-lui vos
cahiers, et tâchez qu'il me regarde aussi comme
un heureux père, lui qui a tant à se louer de ses
enfants.

Comme il achevait ces mots, le cousin entra.

Après les premiers compliments d'usage, il se mit à questionner ses jeunes cousins devant leur père. Ferdinand le surprit par ses réponses pleines de science et de jugement; il n'eut que des éloges à lui donner, et il pensa en lui-même que son fils aîné, dont il était fier, n'était point comparable à son cousin qui était cependant moins âgé de quelques mois.

— Et toi, Jules, où en es-tu? continua le cousin; montre-moi ton écriture.

Jules baissa les yeux avec un air d'embarras et sortit pour aller chercher ses cahiers.

Il rentra un quart d'heure après les mains vides.

— Je ne sais, dit-il, ce qu'est devenu mon cahier : j'ai tout remué dans ma chambre; il faut que ma sœur me l'ait égaré. Ce n'est pas la première fois.

— Silence! dit le père, ce que tu dis là n'est pas possible; ta sœur n'a rien à faire de tes cahiers. S'ils sont perdus, c'est ta faute; viens avec moi dans ta chambre, je veux voir comment elle est tenue.

Le bon père fut saisi de douleur à la vue du désordre qui régnait dans cette chambre. Il y avait un soulier sur la table de travail, tandis que le papier et les livres étaient jetés par terre pêle-mêle et dans la plus grande confusion.

— Ne cherchons pas tes cahiers, dit le père, car ce serait peine perdue.

Le pauvre Jules se trouva si honteux qu'il

n'eut pas le courage de reparaître devant son cousin.

Le lendemain son père le prit en particulier :

— Tu vois, lui dit-il, à quelles humiliations t'expose le défaut d'ordre. C'est une honte qui rejaillit sur moi-même, et si tu tenais le moins du monde à ne pas m'affliger, il y a longtemps que tu aurais changé de conduite. Ne sens-tu pas enfin combien tu es coupable, surtout quand tu viens accuser ta sœur de t'avoir égaré tes cahiers, et que tu as recours au mensonge pour couvrir tes fautes ?

Jules fondit en larmes ; il sentait la vérité de ces reproches.

— Pleure, mon enfant, lui dit son père, mais que ces pleurs te servent à quelque chose, et t'épargnent les malheurs que l'esprit de désordre te prépare pour un âge plus avancé ; je frémis en y pensant.

Jules promit sincèrement de se corriger ; il commença le jour même et persévéra dans cette bonne résolution.

Dans tout ce qu'on possède et dans tout ce qu'on fait,
Il faut qu'aux soins constants l'esprit d'ordre s'allie.
Celui qui n'a pas d'ordre, égarant chaque objet,
A manquer, à chercher, passe toute sa vie.

12. LA PROBITÉ RÉCOMPENSÉE.

Un étranger passant un soir devant une ferme isolée, demanda au paysan qu'il trouva sur la porte s'il était bien sur le chemin d'un petit village peu éloigné.

— Oui, monsieur, répondit le brave homme, il faut aller tout droit; mais comme il fait déjà nuit, et que vous avez à traverser un bois coupé de plusieurs routes, vous pourriez vous égarer. Je vais appeler un de mes enfants pour vous servir de guide.

Justin, le plus jeune de ses fils, parut au même instant sur la porte.

— Va, lui dit son père, et conduis monsieur jusqu'au village qu'il te dira.

L'enfant partit, et au bout d'une demi-heure ils étaient arrivés. L'étranger voulut alors récompenser le petit garçon; il ouvrit sa bourse et lui donna la première pièce qu'il y trouva. L'enfant refusa d'abord; mais l'autre y mit tant d'insistance qu'il finit par accepter.

Revenu à la ferme, il s'empressa de remettre la pièce à son père. Celui-ci en la regardant, s'aperçut qu'elle était d'or et valait vingt francs.

Mon enfant, s'écria-t-il aussitôt, voilà un grand malheur. Ce monsieur s'est trompé; il croyait te donner vingt sous et t'a donné vingt francs. Comment faire? il ne repassera peut-être jamais par ici, et demain au lever du soleil il ne sera plus au village. Quel moyen de lui rendre cet argent qu'il regrettera sans doute, et dont il aura besoin pendant son voyage? Quel moyen surtout d'empêcher qu'il ne pense mal de nous?

— Il n'y a qu'un moyen, dit l'enfant; je vais

courir tout de suite au village lui reporter sa
pièce d'or.

Il partit et retrouva l'étranger. Cet homme,
qui effectivement n'avait cru donner qu'une pièce
d'argent, fut charmé de tant de droiture ; mais
il ne voulut pas reprendre son or : et comme
l'enfant refusait absolument de le garder, crai-
gnant que son père ne voulût pas croire qu'il
l'avait reporté, ou le blâmât de l'avoir reçu, il
lui donna en même temps ce billet pour le fermier :

« Je vous prie de garder la pièce d'or comme
un témoignage de ma reconnaissance et comme
le prix de votre loyauté. Dieu vous bénisse, vous
et vos enfants ! »

Le père consentit à reprendre la pièce ; mais le
dimanche suivant il se rendit au village pour la
donner à un pauvre journalier chargé de famille,
et dont la maison venait d'être brûlée.

> Que la probité soit le premier de vos soins,
> C'est le fonds qui manque le moins.

12. LE FRÈRE ET LA SŒUR.

Deux jeunes orphelins, Thomas et Louise,
avaient été recueillis par une vieille parente.
Cette femme, veuve et sans fortune, eut beaucoup de peine à les élever.

Lorsqu'ils eurent un certain âge, elle les mit
en service dans une maison riche et vraiment

chrétienne. Dès ce moment leur existence était assurée ; Thomas surtout, qui était grand et robuste, gagnait assez pour faire des économies.

Deux ans après leur entrée en service, la bonne vieille, qui travaillait toujours pour n'être point à charge à ses enfants adoptifs, eut le malheur de tomber dans un escalier et se cassa une jambe.

A la nouvelle de ce triste accident, Louise versa beaucoup de larmes et demanda à son maître la permission de s'absenter quelque temps pour aller donner ses soins à sa bienfaitrice. Le maître, qui était un homme pieux et sensible, y consentit volontiers, et voulut même lui conserver ses gages pour tout le temps qu'elle passerait auprès du lit de sa mère adoptive.

Thomas au contraire se montra insensible au malheur de la bonne vieille. Il ne songea pas à lui rendre une seule visite, ni même à lui envoyer aucun secours, quoiqu'il fût plus riche que sa sœur. Louise lui en fit un jour les reproches les plus touchants.

— Je n'ai rien de trop pour moi, répondit-il.

Cette parole pleine d'ingratitude révolta son maître, qui ne voulut pas le garder plus longtemps à son service. Il sortit de sa maison.

L'idée de se trouver sans place, et surtout le remords d'avoir manqué si brutalement à son premier devoir, aigrirent d'abord son caractère et finirent par troubler sa raison. Il se mit à boire du vin pour s'étourdir. Ce vice devenant de jour en jour plus fort, il en vint à ne pouvoir plus gagner sa vie et tomba dans une profonde misère qui le conduisit de bonne heure au tombeau.

Le sort de Louise fut différent comme sa conduite l'avait été; son bon cœur et son dévouement la rendirent de plus en plus chère à son maître, qui l'établit d'une manière honorable. Elle vécut heureuse, et longtemps encore elle conserva près d'elle sa vieille parente, à qui elle rendit les soins et l'assistance qu'elle en avait reçus dans son enfance.

> Le bien qu'on a semé dans une bonne terre
> Y germe avec le temps et rapporte un doux fruit.
> Mais dans un cœur ingrat, ainsi que sur la pierre,
> Le bienfait répandu se sèche et se flétrit.

14. ISOLEZ LE MÉCHANT POUR LE RENDRE BON.

Pierre était un méchant garçon qui ne se plaisait que dans le mal et ne pouvait vivre en paix avec personne. Ses frères et ses sœurs, ainsi que les domestiques, étaient toujours en butte à ses mauvais tours. Pierre était un enfant insociable.

Ses parents ne cessaient de l'avertir et faisaient tout au monde pour le ramener à de meilleurs sentiments; mais c'était toujours en vain. Ni les réprimandes, ni les prières, ni les pleurs même de sa mère ne pouvaient rien sur son caractère violent et querelleur.

Son père l'avait souvent menacé de le faire enfermer seul dans une chambre séparée du reste de la maison. Un jour que Pierre avait mis le comble à ses méchancetés en faisant tomber sa sœur dans le ruisseau qui coulait derrière le jardin, son père le fit enfermer comme il l'avait dit, et défendit expressément à toute personne de la maison de s'approcher de la chambre où il était.

Les gens qui, par leur caractère, ne sauraient vivre avec personne, sont précisément ceux qui peuvent le moins supporter la solitude : Pierre l'éprouva bien. Les premières heures de la journée lui parurent très longues, quoiqu'il eût encore l'espérance de voir arriver quelqu'un avec qui il pût s'entretenir.

Mais à midi, quand la servante qui lui apportait à manger se fut retirée sans rien répondre aux paroles aimables qu'il lui avait dites, Pierre tomba dans une grande tristesse et ne put presque rien manger.

L'après-midi lui parut une année. Il n'espérait plus que personne vînt lui tenir compagnie : en vain essaya-t-il, pour tromper son chagrin, de s'amuser avec les mouches qui volaient par la chambre ; il avait beau les compter, les poursuivre, leur adresser la parole, les mouches ne répondaient pas et Pierre se trouvait toujours seul.

A la fin du jour, sa sœur vint lui apporter une soupe.

— Oh ! je t'en prie, ma chère petite sœur, lui

dit-il, ne t'en va pas ; reste un moment avec moi, je ne te ferai plus jamais de mal.

Mais la sœur mit la soupe sur la table et se retira sans lui répondre un seul mot.

La nuit venue, Pierre ne put fermer l'œil un moment. Accablé de cette longue journée d'ennui, il voyait avec effroi l'arrivée du lendemain, et se demandait s'il aurait à endurer le même supplice.

Au milieu de ces tristes réflexions, il lui en venait d'autres sur son mauvais caractère ; il ne se dissimulait pas que chaque jour il n'avait vécu que pour désoler tous ceux qui l'approchaient. Alors il sentait vivement tous ses torts et se disait à lui-même que si on le tirait de sa solitude il changerait de conduite.

Dès que le jour parut, le malheureux Pierre se mit à pleurer, à sangloter et à crier de toutes ses forces :

— Papa ! maman ! ouvrez-moi, laissez-moi sortir, je ne puis rester ici.

Après l'avoir laissé crier quelque temps, son père entra dans la chambre. Pierre se jeta aussitôt à ses genoux et lui demanda la permission de retourner auprès de ses frères et de ses sœurs.

— Quand on ne peut vivre avec personne, lui répondit son père, il faut savoir vivre seul.

Là-dessus le malheureux poussa des cris plaintifs, et fit les protestations les plus sincères de ne plus retomber dans ses premières habitudes. Son père lui permit de sortir.

Grâce à cette rude leçon, Pierre devint doux avec tout le monde; c'était l'enfant le plus aimable qu'on pût voir.

> Reléguez dans la solitude
> Tout enfant qui du mal fait sa plus chère étude.

15. COMMENT IL FAUT TRAITER LES DOMESTIQUES.

Alix, jeune fille de quatorze ans, faisait le désespoir des domestiques qui entraient en service dans l'auberge de son père; elle commandait d'une voix sèche et impérieuse, grondait toujours, et rien n'était jamais assez bien fait pour elle.

Son père, qui était un homme doux, la reprenait souvent en particulier.

— Si tu traites de la sorte ces pauvres filles, lui disait-il, nous n'en trouverons plus qui veuillent nous servir, car autant vaudrait ne point entrer pour recevoir des injures et en sortir presque aussitôt après y être entré. Nous ne pouvons pourtant nous passer de domestiques, et notre intérêt même nous conseille d'avoir pour eux plus d'égards, sans compter que les maltraiter comme tu fais c'est pécher contre Dieu même, car ils sont autant que nous devant lui.

Mais Alix, violente et emportée, ne se rendait

point à ces sages paroles. La maison retentissait
continuellement de ses cris et des injures dont
elle accablait ses pauvres servantes. A la moindre faute, elle leur reprochait, même devant le
monde, la bonne nourriture et les forts gages
qu'elles avaient dans l'auberge; si elles s'avi-
saient de répondre un seul mot, elle les traitait
de bêtes et de viles servantes. Ces pauvres filles
ne pouvaient y tenir et quittaient la maison.

L'une d'elles, poussée à bout, lui dit en
partant : Je ne vous souhaite pas d'être un jour
réduite à servir les autres, mais on ne sait pas
ce qui peut arriver; si vous devenez servante
à votre tour, je vous souhaite de trouver une
meilleure maîtresse que vous, car vous n'y tien-
driez pas.

Alix, qui se sentait riche, ne fit que rire de
cette parole.

Mais peu de temps après tout changea de face.
La guerre, avec tous les maux qu'elle traîne après
elle, visita ce malheureux pays. L'auberge, qui
se trouvait précisément sur le passage des trou-
pes, fut plusieurs fois pillée, dévastée, à moitié
détruite par le canon. Le pauvre père, en voulant se défendre contre des maraudeurs de nuit,
fut si maltraité qu'il alla mourir sous un toit
étranger.

Quel sera maintenant le sort d'Alix? plus
d'auberge à conduire, plus de domestiques à
tourmenter, pas d'argent pour chercher une
retraite; la malheureuse manquait même de

pain. Dans cette cruelle position, ne sachant que devenir, elle marcha devant elle tout un jour et arriva le soir, exténuée de fatigue et de faim, devant la porte d'un pauvre paysan qui lui donna un peu de nourriture et un asile pour la nuit. Le jour suivant, elle se trouva toute heureuse d'entrer comme servante chez une dame des environs.

Heureusement pour elle que cette maîtresse ne lui ressemblait pas; c'était une femme douce et pieuse qui traitait ses inférieurs avec la plus grande bonté. Alix passa quelque temps auprès d'elle, et quand le retour de la paix eut permis de l'indemniser de ses pertes, elle rétablit son auberge et prouva, par sa douceur envers ses propres servantes, que les leçons du malheur lui avaient profité.

Nos domestiques sont des hommes comme nous,
Forcés par le besoin à vendre leurs services.
Mais ils ne sont pas soumis à nos caprices,
Et nous devons leur faire un sort heureux et doux...

18. IL FAUT HONORER LA VIEILLESSE.

Robert avait deux fils dont le défaut principal était de ne point respecter la vieillesse. Chaque fois qu'un homme âgé leur donnait un conseil ou leur faisait une réprimande, ils lui riaient au nez et le raillaient avec la dernière insolence. Robert était très affligé des rapports que ses voisins lui faisaient tous les jours à ce sujet. Il ap-

pelait ses enfants et leur adressait de vifs reproches.

— Ne savez-vous donc pas, leur disait-il,
qu'on pèche contre Dieu même en insultant les
vieillards? Quand l'Esprit-Saint nous dit : « Là
où tu vois des hommes âgés, retiens ta langue,»
c'est une parole qui s'adresse aux hommes faits,
aux hommes de mon âge, à moi qui suis votre
père : et vous, qui êtes sans jugement, vous mé-
priserez ceux que vos parents, qui vous ont mis
au monde, sont tenus d'honorer! cette conduite
de votre part prouve que vous n'avez point de
saines idées des choses; car, si vous considériez
seulement la longue vie des vieillards et l'expérience qui en est la suite, vous ne paraîtriez
devant eux qu'avec un saint respect.

Ainsi parlait le bon Robert; mais ses avertis-
sements et ses reproches ne pouvaient rien sur
ces esprits légers et ignorants : il pensa même
que les châtiments n'auraient pas suffi pour les
corriger.

Lorsque le jour de sa fête arriva, ses enfants
vinrent lui souhaiter une longue vie et une heureuse vieillesse.

— Ne me souhaitez rien de pareil, leur dit-il,
si vous m'aimez; car pourquoi vivrais-je longtemps? serait-ce pour voir un jour mes cheveux
blancs attirer la moquerie sur ma tête; pour
offrir à des enfants dépravés, vous ou d'autres
(dit-il en arrêtant sur eux un regard triste et

sévère), un sujet de raillerie et de risée? Souhai-
tez-moi plutôt la mort.

Les enfants, jusqu'alors incorrigibles, senti-
rent la force de ces paroles prononcées d'un ton
grave, dans un moment solennel. Ils furent
touchés de repentir et cessèrent leurs railleries
indécentes contre la vieillesse.

Aux conseils des vieillards accordez confiance;
Des choses de ce monde ils ont l'expérience.
Loin de vous en moquer, écoutez leurs avis :
Vous vous trouverez bien de les avoir suivis.

17. PARESSE ET MENSONGE.

Prosper avait contracté l'habitude de ne point
sortir du lit aussitôt qu'il s'éveillait; tantôt c'é-
tait l'envie de dormir, tantôt c'était le froid qui
l'empêchait de se lever : de sorte que, manquant
toujours le moment favorable pour commencer
la journée, il avait toutes les peines du monde à
quitter le lit.

Ses parents lui en faisaient chaque jour les
plus vifs reproches :—En ne te levant pas quand
tu le devrais, lui disaient-ils, tu nous désobéis
dès ton réveil, avant de quitter le lit. Aussi, toutes tes actions de la journée s'en ressentent; car
ce qui commence mal doit mal finir. Ne sens-tu
pas que cette paresse est une langueur de l'âme
et une maladie du corps qui, négligées, devien-
dront à la fin tout à fait incurables? » Prosper
sentait la justice de ces reproches, mais il per-

mettait en vain de se corriger parce que l'habitude était devenue plus forte.

Un jour son père monta dans sa chambre pour l'éveiller :

— Lève-toi, mon fils, lui dit-il, car il est grand jour. — Je me lève à l'instant, dit Prosper, et il se tourna du côté de la muraille. Le père descendit pour aller à ses travaux.

Une heure après, un étranger vint à la maison, accompagné d'un enfant de l'âge de Prosper. Pendant que les deux hommes s'asseyaient autour d'une table pour conclure un marché, le petit garçon demanda où était Prosper, son camarade d'école. — Il faut qu'il soit sorti, répondit le père, car voilà plus d'une heure que je suis monté pour l'éveiller.

Il fallut quelque temps pour s'entendre. L'affaire était déjà terminée et l'étranger se levait pour sortir, quand Prosper entra dans la chambre en se frottant les yeux, les cheveux en désordre, et à moitié vêtu.

— Bonjour, Prosper, lui dit malicieusement son petit camarade ; tu n'es pas bien, à ce qu'il paraît : qu'as-tu donc ?

— Mais rien, répondit Prosper, j'ai dormi jusqu'à cette heure parce qu'on ne m'a pas éveillé comme à l'ordinaire. — Silence, monsieur, lui dit son père, vous devriez rougir ; mais patience !

Dès qu'il eut reconduit l'étranger à la porte, il revient trouver son fils et lui dit avec colère :

— Malheureux ! à quelle honte viens-tu de t'exposer? j'avais dit moi-même à ces personnes que je t'avais éveillé; tu es descendu à temps pour leur apprendre que tu étais doublement vicieux, c'est-à-dire paresseux et menteur, et maintenant il ne tient qu'à elles de te rendre méprisable partout, à l'école et dans la ville. N'est-ce pas trop de honte pour toi et pour moi? n'est-il pas temps de te corriger? Si l'humiliation d'aujourd'hui ne te suffit pas pour te porter à changer ta conduite, je t'avertis que dès demain, sans plus de délai, j'emploierai pour vaincre ta paresse des moyens qui ne te seront pas agréables.

Le père tint parole et sa sévérité ne tarda pas à produire d'heureux effets.

La paresse est l'amour d'un indolent repos
Qui, nous faisant haïr jusqu'aux moindres travaux,
Conduit, par un effet constant et nécessaire,
L'homme riche à l'ennui, le pauvre à la misère.

18. L'ESPÉRANCE TROMPÉE.

Un bon curé venait souvent visiter l'école du village; il aimait les enfants, surtout ceux qui se montraient honnêtes et studieux, et leur distribuait lui-même de petites récompenses. Un jour qu'il était assez content de tous, il leur dit : — Mes enfants, j'ai obtenu de M. le juge de paix la permission pour vous et pour moi de visiter son beau jardin qui est à deux lieues d'ici; continuez de vous bien

conduire, et jeudi prochain nous ferons ensemble cette promenade. Vous avez entendu
parler des plantes rares et des arbres étrangers
que renferme ce jardin, vous pourrez voir
tout cela de près, et même si vous êtes bien
sages en sa présence, M. le juge de paix vous
permettra de rapporter de belles fleurs, telles
que vous n'en avez jamais vu. A jeudi prochain; nous nous réunirons à huit heures.

La joie fut grande parmi les enfants.

— Quel bonheur, disaient-ils, de visiter ce
beau jardin! Oh! nous voulons nous bien conduire pour mériter d'y aller une autre fois.
Mais jeudi, c'est bien loin; que n'est-ce demain? que n'est-ce aujourd'hui, à l'instant
même?

— Il faut savoir attendre le plaisir, leur
dit le boncuré; tâchez d'être calmes et pa-
tients.

L'heureux jour parut enfin. Longtemps avant
l'heure dite, les enfants étaient au rendez-
vous, joyeux et revêtus de leurs plus beaux
habits. Il faisait un temps magnifique. dès
que M. le curé fut arrivé, ils voulurent se mettre en route.

— L'heure n'est pas encore venue, leur dit-
il, vous avez trop d'impatience.

Enfin il prit sa canne et son chapeau et
ouvrit la porte. Au même instant un messa-
ger de M. le juge de paix entra dans l'école
et dit à M. le curé, de la part de son maî-

tre, qu'il le priait de recevoir ses compliments et ses excuses, et de remettre à un autre jour la partie de promenade, attendu qu'une indisposition subite le retenait au lit et ne lui permettrait pas de l'accompagner ainsi que les petits enfants.

Cette nouvelle fut un coup de foudre pour nos écoliers; la tristesse et l'abattement se peignirent sur leurs visages tout-a-l'heure si joyeux et si animés.

— Est-il possible! disaient-ils; nous n'irons point! quel malheur! avec un si beau temps! faut-il que M. le juge soit tombé malade justement ce matin!

M. le curé les fit rentrer à l'école, et voulut remplacer par une instruction solide le plaisir perdu. Dès qu'ils furent tous en place, il leur dit :

— Je suis fâché pour vous du contre-temps qui vous arrive, et je partage votre peine; mais si vous voulez m'écouter avec attention je vous dirai quelque chose qui peut-être en adoucira l'amertume. Vous êtes trop jeunes pour vous faire une idée juste de la vie qui vous reste à parcourir; mais je puis vous assurer que le petit malheur d'aujourd'hui se renouvellera plus d'une fois pendant le cours de votre existence; plus d'une fois vous aurez à gémir sur des espérances trompées, sur des désirs déçus, et votre joie sera changée en tristesse. Toutes nos satisfactions ici-bas tiennent à mille petites circons-

tances qui nous dominent; l'évènement heureux sur lequel nous comptions n'arrive pas,
et c'est un accident que nous n'avions pas prévu
qui vient à sa place détruire tous nos plans de
bonheur ou de fortune; la vie est toute faite de
ces malheurs et de ces déceptions : tantôt le
bien qu'on croit déjà tenir prend les ailes de
l'aigle et s'envole bien loin; tantôt le mal que
l'on ne craignait pas fond sur nous avec la rapi-
dité de la foudre.

Rien ne serait plus misérable que la vie humaine, si la foi en Dieu, la résignation, la patience, ne se mêlaient à ces eaux amères pour
les adoucir. Vous croyez tous en Dieu, mes
enfants, et vous l'appelez votre père; eh bien!
croyez qu'il règle tout avec sagesse, et accoutu-
mez-vous à voir sa main paternelle dans les
contre-temps qui vous arrivent. Cette manière
de voir les choses vous épargnera bien des ser-
rements de cœur, bien des regrets, bien des
larmes; elle vous consolera dès aujourd'hui,
si vous le voulez.

Descendez en vous-mêmes et dites-moi si la
joie de visiter le beau jardin était chez vous une
joie calme et modérée? non assurément; je vous
ai déjà fait de sérieux reproches, et vous le sen-
tez vous-mêmes à l'amertume de vos regrets. Eh
bien! que ceci vous apprenne à mettre plus de
mesure dans vos désirs : la leçon ne sera pas
trop achetée si elle vous profite, car un seul
malheur vous donnera plus de force pour en

supporter bien d'autres, en vous y préparant par une salutaire expérience.

Sans porter si loin vos regards dans l'avenir, il est possible encore que cet accident qui vous contrarie soit pour vous un bonheur, car le temps peut changer dans une heure d'ici ; un orage peut éclater : la pluie vous aurait surpris en route, et vos plus beaux habits auraient été gâtés.

Peut-être quelqu'un de vous trouverait-il, en rentrant à la maison, quelque grand sujet de joie dont notre petite promenade l'aurait privé.

Peut-être aurez-vous l'occasion de faire tout-à-l'heure une bonne œuvre que vous n'auriez point faite dans le jardin de M. le juge de paix, où vous auriez plutôt foulé des plantes précieuses et brisé des cloches de verre.

Peut-être.... Mais, comme je vous l'ai dit, les trésors de la bonté divine sont impénétrables. Il nous suffit de savoir que sa providence nous mène souvent à des fins dignes d'elle par des voies que nous n'aurions pas choisies. Tel événement qui, dans nos faibles vues, nous paraît contraire à nos intérêts, tourne précisément à notre bien, soit dans cette vie, soit dans l'autre ; car Dieu sait mieux que nous ce qui nous est bon. Nos désirs ne se rapportent guère qu'aux choses présentes ; Dieu, qui voit plus loin, nous fait manquer le but de nos espérances pour nous en faire atteindre un plus élevé : l'essentiel est de savoir s'abandonner à la conduite d'un si bon guide.

Apprenez-donc, mes chers enfants, l'art difficile de se vaincre soi-même, c'est-à-dire de résister à l'ardeur impétueuse de ses désirs, et de soumettre sa volonté propre à la volonté divine. Si, dès aujourd'hui, vous offrez au ciel la petite contrariété qui vous arrive, ce sera un grand pas de fait dans la voie du bonheur : on ne peut s'accoutumer trop tôt à ces sortes de sacrifices, dont la récompense ne se fait jamais attendre; car il me semble que, si vous m'avez bien compris, vous avez déjà trouvé dans ce peu de paroles de quoi vous consoler de notre partie manquée.

— Oh! oui, M. le curé, dit une petite fille; cette bonne leçon vaut mieux que la plus belle promenade.

Tous les écoliers témoignèrent qu'ils pensaient de même.

— Eh bien! dit le bon pasteur, nous reprendrons cette matière une autre fois; en attendant, priez la Sainte Vierge, qui a tant souffert, d'obtenir pour vous la grâce de persévérer dans cette pieuse pensée; l'esprit de sacrifice est le fondement du bonheur et de la vertu.

Soumis avec respect à sa volonté sainte,
L'homme pieux s'abandonne au Dieu qui le conduit;
Il marche résigné, sans regret et sans crainte ;
Et jamais son flambeau ne s'éteint dans la nuit.

10. DEUX ÉDUCATIONS BIEN DIFFÉRENTES

Gertrude était restée veuve avec une petite fille et un petit garçon; ce dernier appelé Jacques, fut adopté par un de ses parents, homme intelligent et actif, qui lui fit apprendre son état de menuisier. Julie, la petite fille, continua de demeurer auprès de sa mère.

Cette mère était une femme d'un excellent cœur, mais bonne jusqu'à la faiblesse. Elle ne savait rien refuser à sa fille qui obtenait tout d'elle par des pleurs et des cris. Cette complaisance funeste, poussée jusqu'à l'excès, gâta le caractère de cette enfant. Accoutumée à voir tous ses caprices écoutés comme des ordres, elle ne mit plus de bornes à ses exigences; elle devint impérieuse et hautaine; la moindre contradiction l'irritait jusqu'à la fureur.

L'éducation de Jacques fut bien différente : son père adoptif était un homme ferme et sévère qui ne lui passait rien ; tous les jours il fallait se lever avec le soleil, obéir au moindre signe et ne pas perdre un moment. On ne le gâtait pas non plus sous le rapport de la nourriture; ce n'était qu'après un rude travail qu'il lui était permis de manger à la hâte, et seulement pour réparer ses forces : on lui refusait tout ce qui n'était pas strictement nécessaire. Avec ce régime si dur, Jacques devint un jeune homme grave, laborieux et sobre, toujours prêt à obéir, plein de respect et d'amour pour son père adoptif.

Gertrude vint à mourir. Julie, déjà grande, fut obligée de gagner elle-même son pain ; mais que cette nécessité lui parut pénible et humiliante ! elle manquait d'ailleurs de deux qualités indispensables dans sa position, l'amour du travail et l'obéissance : habituée à ne se rien refuser et à faire en tout ses volontés, elle ne put rester dans aucun service. Le besoin la fit entrer successivement dans plusieurs maisons, mais son mauvais caractère la forçait aussitôt d'en sortir ; car on ne pouvait garder huit jours de suite une fille si délicate et si volontaire ; et, si on ne la renvoyait pas, elle s'en allait d'elle-même plutôt que de se contraindre.

La misère et la honte furent le fruit de cette humeur violente que la faiblesse de sa mère avait développée chez elle.

Son frère, au contraire, eut une vie heureuse, grâce à l'éducation sévère qu'il avait reçue ; il devint un ouvrier habile dans son état : sa docilité, son économie, son amour du travail le rendirent de plus en plus cher au parent qui l'avait élevé comme son fils. Cet homme, venant à mourir sans enfants, le fit son héritier, de sorte que, jeune encore, il se trouva possesseur d'une fortune honnête ; plusieurs mères le voulaient pour mari de leurs filles ; mais, avant de se marier, Jacques voulut retirer sa sœur de l'état misérable où elle était tombée ; il la prit chez

lui, et, par ses conseils aussi tendres que fermes,
il parvint à la ramener à de meilleurs sentiments. Ce résultat obtenu, il couronna sa bonne
œuvre en lui faisant épouser un homme probe et
laborieux avec qui elle vécut heureuse. Lui-même se maria peu de temps après; il eut des enfants bien nés dont il assura le bonheur en leur
donnant la même éducation qu'il avait reçue.

> D'une mère souvent la coupable indulgence
> Prépare à ses enfants le plus triste avenir.
> Mieux vaut de leurs esprits corriger la licence,
> Que de les élever pour un long repentir.

29. ÉCONOMIE ET BIENFAISANCE.

Deux pauvres bûcherons qui venaient de
tout perdre dans l'incendie de leur village, allaient de porte en porte afin de recueillir des
secours pour eux-mêmes et pour leurs compagnons d'infortune. Arrivés à une grande ferme,
ils trouvèrent le fermier qui grondait sévère-
ment un domestique pour avoir laissé dehors,
exposées à la pluie, les courroies qui servaient
à atteler les bœufs.

C'est un mauvais signe pour nous, se dirent-
ils l'un à l'autre, cet homme est un avare qui ne
nous donnera pas grand'chose.

Ils s'approchèrent néanmoins, et lui exposè-
rent le motif de leur visite.

Le paysan les accueillit avec la plus franche
cordialité: il leur fit servir un bon repas, et,

pendant qu'ils étaient à table, il écouta avec intérêt le récit de leur infortune. Le repas terminé, il leur donna une forte somme d'argent et promit de leur envoyer quatre mesures de blé pour les semailles prochaines.

Cette bienfaisance inespérée surprit agréablement les deux bûcherons; ils se regardaient l'un et l'autre comme pour se reprocher la fausse idée qu'ils avaient conçue de ce bon fermier.

— Nous aurions un grand reproche à nous faire, lui dit l'un d'eux, si nous sortions de chez vous sans vous avouer une mauvaise pensée qui nous est venue : en vous entendant gronder rudement un serviteur pour une chose de peu d'intérêt, nous vous avons pris pour un homme avare dont il n'y avait rien de bon à attendre. Il faut que vous nous pardonniez.

— Très volontiers, mes amis, dit le paysan; je ne rougis point d'une économie qui me permet de venir au secours des malheureux : en y regardant de moins près, je serais encore assez riche pour moi et ma famille, mais je ne le serais pas assez pour satisfaire le penchant qui me porte à obliger.

Un homme bienfaisant, par son économie
Amasse pour le pauvre aussi bien que pour lui,
Tandis que l'insensé, prodigue en sa folie,
Ne sait rien conserver pour soi ni pour autrui.

21. UNE PETITE FILLE GOURMANDE.

Annette était une jolie petite fille, mais elle avait un grand défaut, elle était gourmande à l'excès. Elle prenait tout à la cuisine, vidait les armoires, dévastait le jardin. Comme elle avait toujours à la bouche des sucreries et des friandises, elle ne mangeait rien aux repas, tant ces choses malsaines, dont elle faisait abus, lui gâtaient l'estomac et lui ôtaient le goût des aliments nécessaires et bienfaisants.

Son père et sa mère ne la surveillaient point d'assez près; il fallut que ses dents devinssent toutes noires et que des accidents réitérés vinssent alarmer leur tendresse pour qu'ils s'aperçussent de ce malheureux défaut. Dès qu'ils l'eurent connu, ils employèrent tous les moyens pour corriger leur fille de sa gourmandise; ils lui firent de sévères défenses et, pour plus de sûreté, ne laissèrent rien à sa portée de ce qui pouvait nourrir et satisfaire ce funeste penchant.

Annette aimait ses parents et n'eût voulu pour rien au monde leur causer de la peine.

Elle se contraignit devant eux jusqu'à leur faire croire qu'elle s'était entièrement corrigée, mais il s'en fallait de beaucoup qu'elle le fût en effet. Dès qu'elle était seule elle se livrait à son intempérance avec d'autant plus de danger pour sa santé et pour sa vie, que toutes les bonnes choses lui étant retirées, elle prenait au hasard tout ce qui lui tombait sous la main. Une fois, par exemple, elle pensa mourir pour avoir mangé des fruits verts dans le jardin.

Cette leçon terrible ne lui profita pas. Quelques jours après elle se laissa encore dominer par sa gourmandise, à la vue d'une assiette remplie d'une poudre blanche qu'elle prit pour du sucre pilé; mais ce fut le dernier excès de ce genre, car elle n'y survécut pas. Cette poudre était un mélange d'arsenic et de farine préparé pour les rats. La malheureuse Annette y porta ses lèvres et mourut bientôt après dans d'horribles convulsions.

La gourmandise est un vice honteux
Qui détruit l'homme, ou le rend malheureux.

22. LA JAMBE DE BOIS.

Samuel faisait le désespoir de ses parents par sa turbulence; il s'exposait vingt fois à périr dans un jour; montait aux arbres, escaladait les murs, se battait à l'école. Plus d'une fois sa mère le vit rentrer à la maison tout meurtri par une chute, ou défiguré par les coups qu'il avait reçus, et chaque soir elle remerciait le ciel de l'avoir préservé de ses propres folies.

Le père, qui avait aussi beaucoup d'inquiétude sur le sort de ce malheureux enfant, le menait partout avec lui et ne le perdait pas de vue. Un jour qu'ils se rendaient ensemble à une foire des environs, ils rencontrèrent sur la route un pauvre estropié qui demandait l'aumône en se traînant avec peine sur une jambe de bois. Le père lui demanda par quel accident il avait perdu sa jambe.

— Ah! mon bon monsieur, dit le mendiant en soupirant, je suis moi-même la cause de mon malheur. A l'âge de ce petit garçon, j'étais un enfant téméraire et imprudent; je ne connaissais aucun danger, mon plus grand bonheur était de me battre avec mes petits camarades: l'un d'eux, avec qui je m'étais pris de querelle, me renversa par terre et tomba lui-même sur moi avec tant de force que j'eus la jambe cassée dans ma chute. Je n'oublierai jamais les horribles douleurs qu'il me fallut souffrir. On m'ouvrit les chairs pour me tirer quelques petits os fracturés; c'était au temps des fortes chaleurs; une inflammation se déclara, et l'on fut obligé de me couper la jambe pour me sauver au moins la vie. Pour comble de malheur, je perdis mes parents à la même époque, et dès que je pus me traîner sur une jambe de bois, ce fut pour mendier mon pain, car je n'avais ni fortune acquise, ni force pour travailler. Depuis, je n'ai pas eu d'autre vie.

Dès que le mendiant les eut quittés, le père dit à son fils:

— Tu vois, Samuel, si nous avons raison, ta mère et moi, de trembler continuellement sur ton compte; ce que nous craignons pour toi, c'est le sort de ce misérable : tu devrais, en le voyant, frémir de tes imprudences et prendre la ferme résolution de te corriger. Si tu le voulais une bonne fois, tu délivrerais ton père et ta mère d'une grande inquiétude, et tu ne t'exposerais plus par ta faute, aux plus affreux malheurs.

> On voit plus d'un enfant dont la triste folie
> Compromet tous les jours son bonheur et sa vie.

23. UN ENFANT QUI SAIT ÉCRIRE.

Nicolas, jeune enfant de douze ans, avait suivi très assidûment l'école de son village ; quand il sut bien lire, écrire et compter, ses parents l'envoyèrent dans une ville assez éloignée pour y apprendre l'état de graveur sur métaux.

Au bout de quelques mois, il s'aperçut que les enfants de son maître étaient mal élevés et corrompus. Cette découverte lui fit peine et dès-lors il ne voulut plus rester dans cette maison, parce qu'il vit que d'autres enfants, venus comme lui de la campagne, n'avaient point résisté aux mauvais exemples, et qu'il devait craindre d'y céder lui-même.

Il alla trouver le maître graveur et lui dit qu'il voulait s'en aller : cet homme lui tourna le dos, sans lui demander même le motif de cette brusque résolution.

Nicolas crut que la mère l'écouterait plus volontiers ; mais cette femme, sans être méchante, était comme toutes les mères, folle de ses enfants et ne pouvait souffrir qu'on lui parlât de leurs défauts, dont elle ne s'était peut-être jamais aperçue.

— Va, répondit-elle au jeune apprenti, je vois ce que c'est : tu es un petit paresseux, le travail et le séjour de la ville te déplaisent ; tu aimerais mieux perdre le temps au village, et, pour y retourner, tu ne crains pas de calomnier mes enfants : tu es un méchant garçon, mais sois sûr néanmoins que tu ne sortiras pas d'ici avant d'avoir fini ton apprentissage.

— Que ferai-je maintenant ? se dit alors à lui-même le pauvre Nicolas je ne veux pas m'enfuir, ce serait un moyen peu convenable ; d'ailleurs mes parents demeurent fort loin d'ici et je n'ai point d'argent pour vivre sur la route. Je n'ai qu'une chose à faire, c'est d'écrire.

Il écrivit en effet, et sut donner à ses parents une idée si juste de sa position dans l'atelier de son maître, que six jours après son père vint et l'emmena, pour le garder à la maison, jusqu'à ce qu'il pût trouver une maison d'apprentissage moins dangereuse.

Quel avantage précieux que de savoir écrire ! Par ce talent que ses maîtres ne lui supposaient pas sans doute, Nicolas se tira de peine. Sa lettre alla pour lui trouver ses parents et rapprocha la distance qui l'empêchait de leur faire connaître autrement le danger de sa position.

Une lettre qui vole et franchit la distance
Peut nous tirer d'affaire en mainte circonstance.

24. LES DEUX FRÈRES.

Pierre et Jean s'étaient partagé également l'héritage de leur père ; de sorte qu'à sa mort ils avaient le même bien. Mais cette égalité ne dura pas longtemps, et quoiqu'ils fussent tous les deux sages, laborieux, économes, la fortune de Pierre s'accrut de jour en jour, tandis que celle de Jean ne fit que diminuer dans la même proportion.

Jean ne concevait rien à son malheur ; il ne commettait aucune faute essentielle et cependant tout se tournait malheureusement contre lui. Ses dettes augmentaient d'une manière effrayante, il était en arrière de plusieurs années de fermage.

Il se rendit un jour au village voisin pour conter ses malheurs à un oncle fort âgé qui l'avait vu naître.

Je n'y conçois rien, lui disait-il, il faut qu'une malédiction pèse sur ma tête ; tout réussit à mon frère, et moi je suis malheureux en tout : il est riche et je suis ruiné. Cependant il ne se donne pas plus de peine que moi, et nous avions le même bien en commençant.

— Jean, lui répondit le vieil oncle, la différence qui est survenue entre la position de ton frère et la tienne, ne me semble point difficile à expliquer. La cause en est tout entière dans les habitudes de votre première jeunesse.

Rappelle-toi ce que faisait ton frère encore enfant : il ne perdait pas la plus petite occasion d'acquérir quelque nouvelle connaissance; il s'informait de tout avec curiosité, et réfléchissait longtemps sur ce qu'il avait vu. Si quelque objet nouveau lui tombait sous les yeux, il voulait savoir à quoi il était utile, et comment on s'en servait; si ton père l'envoyait porter quelque chose au charron, au sellier, au serrurier, il s'enquérait de tous leurs procédés, regardait leur ouvrage et apprenait à se servir de leurs outils. Dans les marchés où se vendaient les chevaux et les autres bêtes, il causait avec les vétérinaires sur les règles de leur art, et questionnait les paysans pour profiter de leur expérience. Tout jeune enfin, il essayait de faire lui-même ce qu'il avait vu faire aux autres, et n'abandonnait jamais un travail sans l'avoir conduit à bonne fin.

De cette manière il est devenu à vingt ans un ouvrier presque universel : rien de ce qui pouvait lui servir pour ses instruments de labourage, pour le soin de ses bestiaux, pour l'entretien de ses bâtiments, ne lui était étranger; et il pouvait s'épargner ainsi une foule de dépenses onéreuses en faisant presque tout de ses propres mains, sans compter que s'il était obligé, pour un motif ou pour un autre, d'employer des mercenaires et des ouvriers, la connaissance qu'il avait de leur art lui faisait obtenir leurs services à un moindre prix. Voilà le secret de sa richesse.

Toi, au contraire, mon cher enfant, et je ne dis point cela pour t'en faire un reproche, tu aimais mieux te tenir auprès de ta mère que de courir les marchés, les ateliers et les boutiques. Tu ne te mettais point en peine d'acquérir les mêmes connaissances que ton frère, et voilà pourquoi, dès que vous vous êtes trouvés tous deux possesseurs de votre patrimoine, la partie n'a pas été égale entre vous. Mais sois tranquille, nous arrangerons tes affaires, et tu pourras avec le temps devenir plus heureux.

> Négliger de s'instruire en tout temps, en tout lieu
> C'est se trahir soi-même et vouloir tenter Dieu.

25. PORTRAIT DE L'ENVIE.

Adrienne était envieuse; quoique fille de parents fort riches, et ornée de tous les dons du corps et de l'esprit, elle ne pouvait souffrir le moindre avantage dans ses sœurs et ses jeunes amies.

Sa mère, qui l'aimait tendrement, s'affligeait de la voir si malheureuse; elle avait plusieurs fois essayé de la guérir de cette maladie terrible, mais ses représentations et ses larmes avaient été vaines, et sa pauvre fille était toujours en proie à cet affreux tourment.

Une de ses cousines, jeune personne de quinze ans, était venue passer l'automne au château :

dès son arrivée, Adrienne, au lieu de répondre à ses avances amicales, se renferma dans sa chambre et ne descendit plus. Cette jeune demoiselle avait pourtant moins de beauté, moins d'esprit qu'elle; et, si l'une des deux devait se montrer jalouse de l'autre, ce n'était point Adrienne : mais ce malheureux travers était porté chez elle jusqu'à l'aveuglement.

Sa mère demeurait une partie de la journée auprès de sa fille et la suppliait de descendre au salon, lui représentant ce qu'il y avait de honteux dans une pareille conduite. Les personnes qui venaient au château demandaient pourquoi on ne la voyait pas et si elle était malade. La pauvre mère ne savait que répondre.

Adrienne resta ainsi plusieurs jours obstinément renfermée, ne voulant voir qui que ce fût, et refusant même d'écouter sa mère. Pendant ce temps, le défaut de nourriture et de sommeil, et plus encore, le feu intérieur qui la consumait avait creusé ses yeux et détruit les brillantes couleurs de son visage.

Sa cousine voulait à chaque instant monter à la chambre d'Adrienne; mais sa tante l'en empêchait toujours, sous un prétexte ou sous un autre.

Blessée de cette conduite inexplicable, et de la tristesse répandue dans tout le château depuis son arrivée, elle retourna près de ses parents.

Le jour même de son départ, le frère d'Adrienne, jeune secrétaire d'ambassade, arriva au château. Il revenait de Rome et rapportait quelques tableaux de prix que la mère fit monter dans la chambre de sa fille; elle y monta elle-même avec son fils.

Le frère d'Adrienne la trouva bien changée.

— Pauvre sœur, lui dit-il en l'embrassant, il faut que tu aies bien souffert!

Adrienne sourit tristement; sa mère garde le silence.

En ce moment, tous les tableaux étaient tirés de leurs caisses et rangés contre la muraille : le jeune homme engagea sa sœur à s'appuyer sur lui et sur sa mère, pour les examiner.

Parmi ces peintures il y en avait une qui attira surtout leurs regards par la singularité des formes et la richesse des couleurs. On y voyait une femme couchée à terre, dans le plus triste abattement; elle avait des cheveux en désordre, des yeux sombres, des joues livides; son corps à demi-nu était tout criblé de flèches que lançaient contre elle une foule de beaux seigneurs et de belles dames, richement vêtus et montés sur de superbes chevaux.

La mère et la fille regardaient sans comprendre.

— C'est la meilleure pièce de ma collection, dit le jeune homme, et un des plus beaux restes de la vieille peinture catholique. Le peintre s'est abandonné à tous les caprices de son imagination bizarre; son œuvre ne brille point par le goût ni par la correction, mais il faut avouer qu'il y a dans ce désordre une vie puissante, et que le vice qu'il a voulu peindre est rendu avec une effrayante vérité.

— Quel est donc cet emblème ? demanda la mère qui trouvait entre le visage de la femme peinte et celui de sa fille un singulier rapport.

— Cette femme, c'est l'envie, répondit le jeune homme ; le mal secret qui la ronge....

Il n'acheva pas, car Adrienne venait de se trouver mal. On la porta sur son lit : revenue à elle un instant après, elle se jeta dans les bras de sa mère et versa d'abondantes larmes.

La première impression avait été terrible ; mais elle fut salutaire, car elle guérit pour jamais Adrienne du vice qui la rendait si malheureuse.

> Le vice le plus fort pour troubler une vie,
> Le plus cruel cent fois et le plus acharné,
> Celui qui porte au cœur un trait empoisonné,
> Faut-il vous le nommer, chers enfants ? c'est l'envie.

26. LA MODESTIE.

On cueillait des fruits dans un grand verger. Tous les enfants du voisinage étaient accourus pour avoir part à la récolte. S'ils avaient pu se tenir tranquilles et attendre qu'on leur en eût donné, tout se fût bien passé : mais la gourmandise et la fougue de l'âge les emportaient malgré eux ; ils criaient à la fois de tous côtés : à moi ! à moi ! des pommes ! Le jardinier, ne

sachant plus auquel entendre, leur jetait au
hasard de véritables pommes de discorde autour desquels ils se battaient : les plus forts at-
trapaient les fruits, les plus faibles en étaient
pour les coups.

Le maître du jardin qui regardait de sa fenêtre cette singulière scène, aperçut à l'écart une
petite fille ayant un panier au bras : on voyait
bien qu'elle voulait aussi des pommes ; mais la
turbulence des autres enfants ne lui permettait
pas de venir jusqu'au pied de l'arbre, et d'ailleurs elle ne voulait pas se mêler à leur cohue.

Le travail terminé, les enfants se dispersèrent.
La petite fille allait sortir aussi quand le maître du jardin lui cria par la fenêtre :

— Attends un moment, petite, reste là !

La petite fille s'arrêta, ne sachant qui venait
de l'appeler. Le maître descendit et s'approcha
d'elle en lui disant :

— Qui es-tu, ma chère enfant?

— Je suis la fille d'un pauvre journalier qui
autrefois, quand il n'était pas malade, travaillait dans ce jardin ; maintenant il est dans son
lit : le médecin a dit à ma mère de lui donner
des pommes et des poires cuites ; mais nous n'a-
vons point de jardin, et c'est à peine si ma
mère est assez riche pour acheter du pain tous
les jours. Le jardinier avait promis ce matin de
me donner quelques fruits, et j'étais venue pour
en recevoir ; mais les autres enfants ont tout
pris.

Le maître ouvrit son panier et le trouva tout-à-fait vide.

— Quoi ! tu n'as rien du tout, pauvre petite ?

— Non, monsieur, je n'ai pas osé m'approcher à cause des autres enfants ; il fallait se battre pour en avoir.

Le maître prit alors son panier et ne le lui rendit qu'après l'avoir rempli des plus beaux fruits qu'il put trouver.

— Il n'est pas juste, mon enfant, que ta modestie et ta douceur tournent contre toi. Au contraire, tu dois avoir une meilleure part que tous ces vauriens turbulents et avides : emporte ces fruits pour ton père malade, et quand vous n'en aurez plus, tu reviendras en reprendre ici, je le veux.

La petite remercia poliment cet homme généreux et courut conter à son père et à sa mère ce qui lui était arrivé.

— Ceci te prouve, mon enfant, lui dit son père, que si la modestie et l'honnêteté ont leur récompense la plus assurée dans l'autre vie, il se trouve aussi dans ce monde même des âmes charitables qui savent les apprécier. Persévère toujours dans ces bons principes : tu es pauvre et tu as besoin des autres ; si tu fais le bien, tu ne manqueras jamais d'assistance.

La bonté, la douceur, l'aimable modestie,
Sont les premiers des biens, même pour cette vie.

27. L'ENFANT MALPROPRE.

M. Didier, riche commerçant, devait se rendre avec sa famille à la noce d'un de ses fermiers. Le jour venu, il prévint de bonne heure ses autres enfants de se tenir prêts pour le départ; mais il ne dit rien de pareil au troisième, qui se nommait Auguste.

Dès que cet enfant vit ses frères et ses sœurs monter à leurs chambres pour s'habiller, il tomba dans une grande tristesse : il sortit d'abord dans le jardin pour pleurer, puis espérant que son père pourrait s'attendrir, il alla le trouver et le pria de le laisser aller à la noce.

— Tu n'y pense pas, lui répondit son père; est-ce que tu peux te présenter quelque part, sale comme tu es? Je rougirais de t'emmener avec moi.

— Une si belle noce! dit Auguste, en sanglotant; je serai le seul de ma famille qui n'y assisterai point. Mes frères et mes sœurs...

— Pour tes frères et tes sœurs, c'est autre chose, reprit le père, ce sont des enfants propres, qu'on peut mener partout : tandis que toi, dès que tu te montres quelque part, c'est pour déshonorer ton père et ta mère par ton désordre et ta malpropreté : ne me parle plus de venir à cette noce; tu resteras ici, où tu pourras méditer avec fruit l'évangile, que tu as entendu lire à l'église dimanche dernier, et où se trouve la parabole du misérable jeté dans les ténèbres extérieures parce qu'il n'avait point la robe blanche du festin.

Le pauvre enfant sortit pour aller se renfermer dans sa chambre, où il entendait tout autour de lui les conversations joyeuses de ses frères et de ses sœurs qui se promettaient mille plaisirs pour cette belle journée.

Une de ses sœurs qui l'aimait plus que tous les autres vint le trouver et lui dit :

— Ne pleure pas, Auguste, je veux rester avec toi ; je vais demander à papa la permission de ne pas aller à cette noce.

Et elle courut vers son père.

— Je ne me sens pas bien, lui dit-elle, je crois que je ferais mieux de rester à la maison, si vous le permettez.

M. Didier qui connaissait le bon cœur de sa fille et sa tendresse pour son frère, jeta sur elle un regard pénétrant :

— Je vois ce que c'est, ma fille, tu veux rester avec Auguste ; mais ce serait lui rendre un mauvais service ; il faut qu'il reste seul, peut-être le chagrin de ne pas assister à cette noce le portera-t-il à se corriger enfin de sa malpropreté.

La jeune fille remonta dans la chambre de son frère, le consola de son mieux, et alla terminer sa toilette

L'heure de partir était venue. Les enfants

4.

vinrent se montrer à leur père, qui les embrassa tous et leur dit d'aller en avant.

Auguste les entendit descendre et les vit passer gaîment sous sa fenêtre. Leur aspect lui fit tant de peine qu'il voulut tenter un dernier effort. Il descendit, trouva son père à la porte de sa chambre, prêt à partir, et se jeta à ses genoux, en le conjurant avec larmes de le laisser venir à la noce.

M. Didier resta quelque temps sans lui répondre.

— Ecoute, lui dit-il enfin, je te permets de venir, mais prends garde à la manière dont tu seras vêtu : je n'ai pas autre chose à te dire. Va t'habiller et tu nous retrouveras à la ferme.

Auguste fut au comble de la joie; il remercia son père et courut faire sa toilette.

Le pauvre garçon fit véritablement tous ses efforts pour se rendre propre et présentable. Il commença par se bien laver la figure et les mains avec du savon, ce qu'il n'avait jamais fait de sa vie; puis il prit une chemise blanche et tira ses plus beaux habits, qu'il eut soin de battre et de brosser avant de les mettre.

Sa toilette finie il se regarda dans une glace et ne se reconnut pas : jamais il ne s'était vu si propre.

—Maintenant, se dit-il à lui-même, je puis partir, ceux qui ne me trouveront pas bien auront le goût difficile.

Il se mit en route et marcha d'un bon pas, car

Il brûlait d'arriver. Malheureusement une marchande de gâteaux se trouva sur son chemin, Auguste jeta les yeux sur sa corbeille; il y avait là de belles tartes aux prunes bien tentantes. Il hésita cependant, mais la vieille femme, qui savait son métier, le tira bien vite de son incertitude en irritant sa gourmandise. Il prit la plus belle tarte et alla s'asseoir sur le revers d'un fossé qui bordait la route, afin de la manger plus à son aise.

La pâtisserie était excellente; cependant malgré le soin que mit Auguste à la manger, il lui en resta beaucoup aux mains, quoiqu'il les eût essuyées vingt fois après son habit, son gilet et son pantalon; il avait, de plus, ménagé sur sa gloutonnerie de quoi se faire deux belles moustaches rouges, courant d'une oreille à l'autre, et qui, avec une espèce de mouche brune au bout de son nez, et une autre à son menton, lui donnaient une physionomie plus singulière encore que martiale et décidée. Mais l'enfant ne le savait pas.

Quand il se releva pour se mettre en route, il s'aperçut qu'il s'était assis sur un petit tas de fumier qui n'était pas tout à fait sec. Il prit tranquillement son mouchoir et répara tant bien que mal le dommage qu'en avait reçu sa toilette.

Alors, voyant qu'il avait perdu beaucoup de temps, il se mit à courir de toutes ses forces pour ne point manquer l'heure du repas; mais, comme il avait beaucoup plu la veille, il fallait

marcher avec prudence et choisir ses endroits;
Auguste n'y pensa pas le moins du monde. Il
prit sa course à travers la boue et les flaques
d'eau qu'il put rencontrer, si bien qu'avant d'arriver à la ferme, il était crotté jusqu'aux épaules,
sans compter que son chapeau avait roulé dans
la fange.

Mais Auguste ne s'en inquiéta point; ce qui
l'occupait bien davantage, c'était le désir d'entrer assez à temps pour se mettre à table.

En arrivant à la ferme, il vit de loin la cour
toute remplie de chevaux, de voitures et de domestiques qui se hâtaient pour le service : une
foule de mendiants déguenillés, de curieux et
d'enfants, se pressaient à la porte pour entrer,
mais on avait pris des mesures contre cette
cohue tumultueuse; un homme grand et fort
barrait l'entrée et ne laissait passer que les gens
de la noce.

Auguste se fit un passage à travers la foule
et s'avança fièrement comme un homme sûr de
lui-même, en jetant un regard dédaigneux sur le
gardien de la porte.

— Hale là, jeune drôle, lui cria cet homme,
on n'entre pas ici.

Auguste continuait d'avancer sans rien répondre, mais le gardien courut après lui, et le sai-
sissant avec force par le bras, le ramena en arrière et le poussa rudement vers la porte.

Auguste se mit à crier en se débattant :

— Je suis invité! je suis invité!

— Invité! à quoi? dit le gardien en lui riant au nez; à lécher les assiettes, peut-être?

Le bruit de cette scène avait attiré tous les domestiques qui étaient dans la cour; ils vinrent tous jouir de la confusion du malheureux Auguste, et les mendiants, petits et grands, poussaient de grands éclats de rire, en voyant rejeté parmi eux ce petit jeune homme qui les avait écartés avec tant d'insolence.

Auguste ne se possédait plus; la honte et la colère l'étouffaient. Il reprit enfin courage, et se retournant vers l'homme qui gardait la porte il lui dit d'un ton menaçant:

— Sache, grossier manant, que j'ai le droit d'entrer ici: je suis le fils de M. Didier.

Il eût beaucoup mieux fait de ne rien dire, car à ce mot les éclats de rire et les quolibets recommencèrent de plus belle:

— En voilà bien d'un autre, criait-on de toutes parts; le fils de M. Didier!

— Effectivement, voyez comme il lui ressemble! — il n'y a rien qui n'y paraisse; — M. Didier est un homme riche et élégant qui doit tenir beaucoup à habiller ses enfants comme des valets d'écurie.

Le pauvre Auguste fut anéanti; il quitta la place et se mit à courir comme un homme qui aurait fait une mauvaise action. La porte d'un petit jardin qui tenait à la ferme s'offrit à lui tout ouverte. il y entra pour se dérober aux moqueries des mendiants et des valets.

Son père, qui avait vu toute la scène par
une fenêtre, descendit alors et alla rejoindre
son fils dans le jardin. Il le trouva caché parmi
les arbres, couché par terre, pleurant et sanglotant.

« Malheureux, lui dit-il! est-ce assez de honte
et d'ignominie? Cette fois, ce ne sont point tes
frères ni tes maîtres qui se sont moqués de toi;
ce sont des mendiants en guenilles, de grossiers
valets de ferme : comprends-tu maintenant le
déshonneur qui s'attache à la malpropreté?
avoir le front de se présenter ainsi dans une
maison honnête! oser nommer son père quand
on le déshonore! va, tu mérites cette leçon, et
quelle que soit la part qui me revienne de ton
opprobre, je dois m'en réjouir s'il doit t'inspirer la moindre envie de te corriger. Mais en
attendant que ce désir te prenne, je veux agir
envers toi avec la dernière sévérité. Lève-toi à
l'instant même et retourne à la maison : si, en
rentrant ce soir, je ne trouve pas tes habits
nettoyés de tes mains, je t'infligerai une peine
qui ne te sera certainement pas agréable, car je
veux en finir avec ta saleté.

Le pauvre Auguste prit en pleurant le chemin de la ville. Il eut tout le temps, sur la
route, de réfléchir à sa déplorable aventure, et
il pouvait d'autant moins l'oublier, qu'à tous
moments il rencontrait quelques-uns de ces
mendiants qui en avaient été les témoins et

qui la lui rappelaient en l'accablant de leurs rires moqueurs.

Rentré à la maison, il s'empressa de nettoyer ses habits et se coucha; mais il ne put fermer l'œil un seul instant : les éclats de rire et les huées dont il avait été l'objet ne cessaient pas de retentir à ses oreilles; la figure grossière et moqueuse du paysan qui l'avait repoussé de la porte était toujours présente à ses yeux et ne le laissait pas s'endormir.

La conséquence de cette scène honteuse, qu'il n'oublia pas de longtemps, fut une ferme résolution de changer de conduite et de réformer sa toilette : il n'y parvint pas sans peine; il avait à combattre une habitude forte et enracinée. Cependant, par une attention perpétuelle sur lui-même, et grâce à la sévérité de son père qui lui rappelait son aventure de la ferme dès qu'il voyait en lui le moindre relâchement, il se corrigea peu à peu jusqu'à ce que la propreté lui devint naturelle et familière.

Alors Auguste fut un jeune homme accompli, car la saleté était à peu près son seul défaut.

La saleté déplaît comme la rouille;
C'est un vice honteux qui détruit et qu'i souille.

28. LES DEUX COUSINES.

Au commencement de mai de l'année 1822 il y avait un grand remue-ménage à Bignan, dans une petite auberge intitulée pompeusement *Hôtel Royal de France*. Là venaient de s'arrêter deux voitures traînées chacune par trois chevaux de poste ; il en était descendu deux jeunes dames, un vieux monsieur et plusieurs domestiques. L'hôtesse se multipliait pour s'occuper à la fois des voitures, des paquets, des maîtres et des gens ; du haut de la galerie extérieure qui régnait sur la cour tout le long de son unique corps de logis, elle donnait ses ordres au garçon d'écurie, à sa servante et même à son mari ; puis, en se retournant, elle adressait la parole aux dames qui venaient de s'établir dans deux chambres donnant sur la galerie ; et bien qu'il fût à peine sept heures du soir et qu'on se trouvât vers le milieu du printemps, elle demandait si l'on ne voulait pas du feu, de la lumière, etc.; tout à coup elle s'interrompit pour crier :

— Hélène ! Hélène ! ayez soin de faire rafraîchir les gens de ces dames !

Comme il faut que tout cesse dans le monde, ce mouvement continuel cessa dès que les voyageurs furent renfermés dans leurs appartements, et les domestiques retirés dans les chambres où ils devaient passer la nuit.

Nous profiterons de ce moment de repos pour apprendre à nos lecteurs quels étaient les auteurs de ce tumulte qui avait soudainement troublé le silence habituel de l'*Hôtel Royal de France.*

C'étaient, d'abord, deux demoiselles toutes deux fort jeunes, orphelines toutes deux, qui, sous la conduite de leur tuteur commun, allaient s'établir dans un château au fond du Nivernais pour y passer la belle saison.

Elles étaient cousines, mais d'un peu loin ; la plus âgée avait seize ans, elle était fille unique de M. de CÉRIZY, ancien général de l'empire, mort l'année précédente, se nommait Olympe, et possédait une immense fortune consistant principalement en bois.

La plus jeune comptait environ deux ans de moins, elle avait une figure agréable et qui plaisait surtout par son air de bonté et de douceur, avantages que ne possédait pas mademoiselle Olympe, quoiqu'elle fût jolie. Cette seconde voyageuse s'appelait VIRGINIE DE LAROCHE ; elle n'avait jamais connu ni son père ni sa mère. Celui-ci, diplomate distingué, qui semblait devoir parcourir une brillante carrière, était mort fort jeune, et son épouse l'avait suivi de près, laissant Virginie aux soins d'un vieux chevalier de Saint-Louis, son oncle, qu'elle lui avait désigné pour tuteur, et qui était notre troisième voyageur de l'auberge.

Ce choix avait été fait avec sagesse ; le vieillard, en dirigeant l'éducation de sa petite nièce, employa tous les soins et toute l'habileté désirables ; aidé par une bonne gouvernante et des maîtres expérimentés, il avait fait une élève dont il était fier à juste titre. Virginie à quatorze ans était grande, posée et raisonnable comme si elle en avait eu dix-huit ; elle possédait les talents qui conviennent à une jeune fille de bonne famille, et, ce qui vaut mieux, on voyait déjà briller en elle le germe des plus précieuses vertus.

C'est ce beau succès qui sans doute avait déterminé la famille de Cérizy à charger le chevalier d'une seconde pupille ; mais il faut dire qu'on la lui avait donnée toute grande, toute formée, et que le tuteur avait eu beaucoup de peine à prendre sur elle une autorité du reste fort précaire.

Vainement tentait-il de réformer les défauts que le naturel un peu âpre d'Olympe lui avait fait contracter sous la direction d'un père qui l'idolâtrait ; vainement lui répétait-il que la douceur, la bonté du cœur, l'indulgence pour les fautes d'autrui sont le plus bel apanage d'une femme ; mademoiselle de Cérizy était parfois dure et hautaine, toujours exigeante et moqueuse ; on voyait bien que les conseil de sa mère, qu'elle avait perdue dès son enfance, lui avaient manqués.

Sans pousser plus loin les détails de ces portraits, laissons agir nos personnages, ils révèle-

ront eux-mêmes aux lecteurs leur propre caractère.

Le lendemain, à neuf heures du matin, Virginie était sortie depuis longtemps pour faire
une promenade avec son tuteur, qui avait ma-
nifesté le désir de parcourir les environs.

Avant son départ, elle avait vu les domestiques, s'était inquiétée de la santé de l'un d'eux
que la voiture avait indisposé. Elle avait aussi
donné un coup d'œil aux bagages, aux voitures.

Quant à mademoiselle Olympe, elle dormait
encore, car ce voyage la *martyrisait*. Deux fois
Zoé, sa femme de chambre, était venue sur la
pointe du pied ; elle n'avait osé éveiller sa maîtresse; au moment où elle se retirait pour la seconde fois, avant qu'elle eût refermé la porte
entr'ouverte sur elle avec précaution, de bruyan-
tes clameurs s'élevèrent dans la cour, et arrivèrent jusqu'à l'oreille de la dormeuse; elle entendit l'hôte, et surtout l'hôtesse, qui donnaient
les épithètes les plus injurieuses à quelqu'un
qui leur répondait tantôt par des prières, tantôt
par des menaces et d'aller se plaindre à M. le
maire.

— Zoé! Zoé! s'écria Olympe, quels sont donc
les mal-appris qui m'éveillent aussi brutalement?
Voyez cela, et dites à l'hôtesse que je suis fort
mécontente de ce que mon sommeil n'a pas été
respecté. Mais allez donc vite! on croirait que
ces gens vont s'égorger, je veux savoir ce que
c'est.

Zoé descendit et s'avança va vers le groupe disputant; sa présence et ses questions ramenèrent le calme; elle vit que l'objet de la colère des aubergistes était un jeune paysan auquel on demandait le paiement de *six livres, sept sols*, et dont on retenait le bagage pour servir de nantissement, attendu qu'il s'était laissé aller à boire avec deux mauvais sujets qui l'avaient grisé et lui avaient volé tout son argent.

Les explications recommençaient lorsque Virginie entra dans la cour. Elle entendit le jeune paysan dire :

— O mon Dieu! je ne demeure qu'à quinze lieues d'ici. Je suis du village de *Saint-Remy*, *en Nivernais*, je puis y être ce soir et vous envoyer votre argent demain; je vous en prie, ne faites pas que j'arrive dans ma famille sans effets comme un vagabond.

Mademoiselle de Laroche demanda à son tour ce qu'on voulait à ce garçon; et dès que Zoé lui eut expliqué le sujet de la querelle, elle se rendit accompagnée de son oncle dans la chambre occupée par ce dernier, après avoir dit au jeune paysan de la suivre.

Quand ils furent seuls, elle s'informa de nouveau si il était réellement de Saint-Remy.

— Prenez garde, dit-elle à ce que vous allez me répondre, car moi-même je suis née dans ce pays, j'y possède des propriétés et je me rends en ce moment chez mademoiselle de

Cérizy, dont le château est à une lieue de la maison que m'a laissée mon père.

— Comment, mademoiselle, s'écria le jeune paysan, vous seriez la fille de M. de Laroche! Alors je suis bien sûr de ne pas rester dans l'embarras, car on vous dit bonne, et le mal que j'ai fait n'est pas grand'chose. Voici le fait : Je suis réellement de Saint-Remy; mon père est maréchal-ferrant et fait en outre un petit commerce de bois; il m'a fait apprendre le premier de ces deux états, quand j'ai eu vingt ans il m'a envoyé faire mon tour de France.

Voilà deux ans que je voyage de ville en ville, et je me suis perfectionné dans le métier, outre que j'ai appris un peu de serrurerie. On m'a écrit du pays de revenir parce qu'on va marier ma sœur et que mon père veut me céder sa forge. J'étais en chemin pour retourner, et suis arrivé hier dans ce village à deux heures. Je suis entré dans l'auberge pour y dîner. J'y ai trouvé deux hommes qui se sont dits serruriers et avec qui j'ai fait connaissance, un peu trop vite peut-être. Nous avons dîné ensemble; ces deux fripons m'ont fait boire assez pour m'étourdir, moi qui d'ordinaire suis très sobre; je me suis endormi la tête sur la table, et ils ont profité de mon sommeil pour me voler ma ceinture où j'avais mis l'argent nécessaire à mon voyage, et 120 francs d'épargnes. Quand la nuit est venue, l'aubergiste m'a éveillé pour me faire coucher; c'est ce matin seulement qu'on

m'a demandé le paiement de mon écot, et
même de celui des deux voleurs; j'ai vu alors
qu'ils m'avaient laissé sans le sou. J'ai conté
l'affaire à l'aubergiste, je lui ai montré mes pa-
piers, et l'ai prié de me faire crédit jusqu'à ce
que je fusse arrivé chez mon père, à Saint-
Remy, mais il m'a refusé; je lui ai alors offert
en gage une partie de mes effets : il ne s'en
est pas contenté, il s'est emparé de mon chapeau,
de mon havre-sac, et il dit qu'il veut tout garder jusqu'à ce que je lui aie payé six francs et
sept sols, dont, pour mon compte, je lui dois à
peine le tiers!

Pendant ce long discours, que le paysan dé-
bita d'une manière fort intelligente, Olympe
était entrée. Elle semblait être de fort mauvaise
humeur et se hâta de répondre.

— Et c'est à cause de cette sotte affaire que
vous êtes venu jeter les hauts cris à la porte
de ma chambre, que vous m'avez éveillée, que
vous m'avez causé une migraine affreuse! Vous
espérez qu'après cette belle équipée nous allons
payer vos dettes de cabaret? n'en croyez rien;
si vous vous trouvez dans l'embarras, vous l'a-
vez bien mérité ; je réserve mes aumônes pour
des gens qui en sont plus dignes.

Le jeune paysan rougit jusqu'aux yeux.

— Ceci est bien sévère, Mademoiselle, dit
le chevalier; le mieux que nous puissions faire,
c'est de mettre cette dureté sur le compte de
votre migraine.

— Je ne suis pas dure, Monsieur, répondit-elle, je suis juste ; il faut que ceux qui font mal soient punis.

Et aussitôt elle se leva et passa dans sa chambre, pour achever de s'habiller. Le chevalier la regarda sortir d'un air triste, puis il fit quelques questions au jeune paysan, qui lui présenta la dernière lettre de son père. Il était réellement Louis Mathieu, fils d'André Mathieu, le maréchal de Saint-Remy.

— Mon cher tuteur, dit Virginie, vous me permettrez bien de tirer d'embarras M. Louis, qui est mon compatriote.

— Certainement, mon enfant, dit le chevalier. Louis me paraît être un bon garçon qui a commis une petite faute dont il est grandement puni. Faites ce que votre bon cœur vous suggère.

— Mademoiselle, interrompit Louis, je ne désire qu'un prêt. La dame qui vient de sortir a eu tort de parler d'aumône, car jamais, depuis deux ans que j'ai quitté mon père, je n'ai été à la charge de personne.

— Eh bien ! M. Louis, je deviendrai votre créancière. Voici quinze francs ; ils vous suffiront pour payer votre dette et subvenir à vos besoins jusqu'au bout de votre voyage.

— C'est plus qu'il ne me faut, dit Louis, mais j'accepte le tout. Maintenant, ce que je souhaite, c'est de trouver l'occasion de vous témoigner ma reconnaissance.

Une heure après cette petite scène, les voitures de nos voyageuses roulaient sur la route; elles rencontrèrent Louis cheminant d'un bon pas, et portant avec une certaine fierté son havresac sur le dos.

Il est inutile de dire qu'arrivé chez lui, il s'empressa de raconter dans sa famille et dans tout le village la bonté de Virginie et la dureté d'Olympe; qu'il se hâta d'aller avec son père témoigner sa reconnaissance à celle qui l'avait tiré d'un si mauvais pas; il profita pour cela d'un moment où Olympe était absente, car Virginie était logée chez sa cousine, et cette visite faite en présence de mademoiselle de Cérizy eût été considérée comme un affront; néanmoins elle ne l'ignora pas.

Louis n'avait pas parlé de l'argent. Quelques jours après, c'était la fête patronale de Saint-Remy, on invita mademoiselle de la Roche à se rendre dans l'ancienne demeure de son père, qui était un petit château à deux pas du village, afin d'y recevoir les hommages des habitants du lieu et les bouquets des jeunes filles; elle accepta et vint avec son tuteur; elle fut fêtée comme une dame châtelaine et comme une bienfaitrice. Le premier hommage qu'elle reçut fut une magnifique corbeille de fleurs, au milieu de laquelle se trouvait une belle bourse brodée d'or, qui contenait le montant de la dette de Louis, et exprimait sa reconnaissance par cette simple devise : *Je serai toujours votre débiteur*.

Virginie fut vivement touchée de ces preuves d'affection et de gratitude, et par la suite il s'établit entre elle et les habitants de son pays natal un échange des sentiments les plus doux ; toute jeune qu'elle était, elle se regardait comme la protectrice, comme la mère de tous ceux qui avaient besoin d'elle, elle soulageait les pauvres de ses économies, donnait de bons conseils à ceux qui lui en demandaient, enfin rendait service de toute manière chaque fois que cela lui était possible, de leur côté, les habitants de Saint-Remy lui étaient tout dévoués ; ses propriétés n'avaient point besoin de garde, tout le village eût lapidé celui qui eût osé lui causer le moindre tort ; son nom était béni et respecté.

Olympe aussi persistait dans la voie où elle était entrée ; son superbe château avait été autrefois la résidence des seigneurs de Saint-Remy ; bien que ce titre n'existât plus depuis longtemps, la propriété de la terre de Cérizy avait toujours assuré à ses possesseurs la prépondérance dans le canton ; Olympe voyait donc avec jalousie que les anciens vassaux de sa famille la négligeaient pour sa cousine Virginie ; elle n'en devint que plus hautaine dans ses rapports avec eux. Elle était dure envers ses fermiers et ses inférieurs, exigeait toujours tout ce qu'elle avait rigoureusement droit de demander, ne s'inquiétait aucunement des souffrances des autres ; aussi peu à peu l'on redouta d'avoir avec elle le moindre rapport.

Quelques années se passèrent, les deux cousines se marièrent, et alors les bonnes qualités de l'une et les défauts de l'autre purent se voir dans tout leur jour; l'opinion publique leur rendit constamment justice.

Pendant ce temps-là Louis était devenu un personnage; son père mort, il avait recueilli un bel héritage, et comme il était fort intelligent, il avait profité de circonstances favorables et gagné beaucoup d'argent dans le commerce des bois. Il n'était pas le seul à qui profitassent son expérience et son habileté; falloit-il se hâter de vendre ses bois ou bien convenait-il de n'en rien faire, il allait trouver M. DE VIGNEY (c'était le nom du mari de Virginie) et l'en prévenait; toujours celui-ci se trouvait bien des conseils de Louis, et comme il était propriétaire de forêts très étendues, il ne tarda pas à améliorer sa fortune.

Olympe après deux ans de mariage était devenue veuve, elle se nommait madame DE FAUCAS. Elle administrait elle-même ses biens et s'était fixée à Cérizy. On conçoit bien qu'elle ne consultait pas Louis, qui de son côté ne lui offrait pas ses conseils : aussi se trouvait-elle pour la vente de ses bois en rapport avec quelques intrigants qui la volaient à qui mieux mieux.

Ce désagrément n'était pas le seul qu'elle éprouvât : M. *Louis* avait été élu maire de son

son village, et grâce à lui autant qu'à l'affection
des habitants, M. et madame de Vigney étaient
devenus les personnages importants du pays;
leur influence et leur pouvoir dans le canton
étaient sans bornes; il est vrai qu'ils ne voulaient que ce qui était bon, juste et utile à tous.

Madame de Faugas, au contraire, restait en
butte aux mille petits ennuis qu'éprouvent les
riches propriétaires qui ne sont pas aimés de
leurs voisins.

Vous voyez, mes chers lecteurs, combien le
caractère d'Olympe et de Virginie avait contri-
bué à rendre agréable ou à troubler leur existence de tous les jours. Vous avez vu quelles
heureuses conséquences avaient découlé pour
Virginie de la bonté qu'elle avait jadis témoignée
à un inconnu. Mais un événement bien grave
vint rendre encore plus évidente cette vérité :
que la pratique des vertus est le meilleur de tous
les moyens pour assurer son bonheur personnel
et se défendre contre l'adversité.

Tout le monde a entendu parler de ces incen-
dies si fréquents qui désolèrent, il y a quelques
années, plusieurs provinces de France. Le Nivernais ne fut pas épargné. Là, ce n'était point
aux granges, aux fermes, aux maisons que s'at-
taquaient les incendiaires; ils commettaient
leurs crimes avec beaucoup plus de facilité, car
c'était aux bois qu'ils mettaient le feu.

La principale richesse de toute la contrée se
trouvant ainsi menacée, on veillait la nuit, on

faisait des rondes, des battues de tous côtés;
plusieurs fois on prévint les ravages du feu
qu'évidemment des mains criminelles avaien'
allumé au milieu des bois.

En janvier 1830 ces tentatives avaient cessé et
la surveillance s'était ralentie, lorsqu'au milieu
de la nuit des cris *au feu!* vinrent arracher à
leur sommeil les habitants de Saint-Remy.

Une flamme dévorante s'élevait de trois côtés
d'une magnifique futaie d'une vaste étendue,
appartenant à madame de Faugas! Olympe arriva elle-même dans le village, et pressa les au-
torités, c'est-à-dire le maire et son adjoint, de
diriger promptement les secours sur le lieu de
l'incendie. Malgré sa hauteur habituelle, elle
descendit jusqu'à prier : sa fortune tout entière
était menacée.

Dans de tels périls l'homme secourt ses enne-
mis mêmes; aussi se hâtait-on de diriger et les
pompes et les travailleurs vers la futaie embra-
sée, lorsque tout à coup une voix s'éleva et s'é-
cria :

— Voyez! voyez! le bois de madame de Vigney brûle aussi!

— Allons-y! allons-y! s'écrièrent tous ceux
qui étaient sur pied; que quelqu'un coure annoncer cela par les rues, il faut que tout le
monde vienne!

Aussitôt, d'un mouvement spontané, les habitants qui étaient déjà en marche rebroussèrent
chemin et coururent à toutes jambes vers le lieu

du nouvel incendie; madame de Faugas les vit passer! Elle s'adressa, en pleurant, au maire pour lui demander aide : il venait de s'atteler lui-même à une pompe, et lui répondit dans son empressement :

— Eh quoi! n'avez-vous pas entendu que c'est madame de Vigney qui brûle?

Et il partit d'un bon train.

Enfin, pour comble de douleur, elle vit son propre garde-forestier se mettre à la tête des nouveaux-venus pour les diriger par un chemin rude, dangereux, mais le plus court de beaucoup; elle lui reprocha de l'abandonner, lui qui mangeait son pain.

— Je ne puis rien seul, répliqua le garde, et tant que madame de Vigney brûlera vous n'aurez personne d'ici; le plus sûr est donc d'aller les aider pour revenir ensuite chez vous.

Les secours portés aux bois de Virginie furent si prompts, qu'elle perdit à peine quelques arpents de taillis. Il n'en fut pas de même de ceux de madame de Faugas : l'incendie s'y étendit sans obstacle, et quand enfin l'on arriva pour le combattre, un vent violent du midi le favorisait; on ne s'en rendit maître que le surlendemain. Madame de Faugas perdit par cet évènement une partie de sa fortune; elle n'en devint ni plus douce ni plus humaine, tant il est difficile d'étouffer les mauvaises qualités quand nous les avons laissées grandir avec nous.

29. LE MENSONGE PUNI.

Adèle, fille d'un honnête artisan, avait la direction du ménage de son père, qui était resté veuf. Elle conduisait fort bien la maison, travaillait avec activité, mais elle aimait trop la toilette. Elle avait envie d'une robe de soie verte qui devait coûter six francs l'aune ; elle pria son père, qui lui avait promis une robe, de lui donner de quoi acheter celle-ci, elle le trompa en lui affirmant qu'elle ne coûterait que trois francs l'aune. Le père consentit, et comme il fallait dix aunes, il donna trente francs et trouva que c'était beaucoup. Qu'eût-il dit, s'il eût su le véritable prix ? Adèle avait quelques économies qui lui fournirent les trente francs de surplus ; elle alla bien joyeuse acheter sa robe, la paya et l'apporta à la maison.

Le jour même, tandis qu'elle était allée au marché, il vint chez son père un marchand colporteur qui était Juif.

— N'avez-vous pas besoin, dit-il, d'une robe pour votre fille ?

— Vraiment non, répondit le père, car elle en a acheté aujourd'hui une superbe et qui me coûte bien cher ; voyez-la, ne s'est-elle point fait attraper ?

— Et combien a-t-elle payé cette étoffe ? dit le Juif.

— Trois francs l'aune.

— C'est cher; cependant, comme l'on m'a demandé une robe, et qu'il s'agit d'une bonne pratique que je ne veux pas faire attendre, si vous voulez me céder cette étoffe, je vous la paierai trois francs dix sous l'aune. Le père d'Adèle s'empressa d'accepter, il livra l'étoffe et reçut l'argent.

Quand celle-ci rentra, son père lui annonça avec joie le marché qu'il venait de conclure.

— Ah! mon Dieu! s'écria-t-elle, vous me faites perdre ving francs! A peine eut elle dit ces paroles qu'elle s'en repentit; car le père en exigea l'explication, et il fallut avouer son excessive coquetterie et sa dissimulation.

— Le ciel t'a déjà punie de ton mensonge, dit le père, j'ajouterai encore à cette punition, car je garderai l'argent du Juif, et tu n'auras pas de robe. La punition était sévère, mais elle était bien méritée.

80. LA MENDIANTE.

Une dame hérita d'un de ses parents, qui laissait une grande fortune. Ce parent était le seigneur d'un village, où il possédait un beau château. Avant de mourir, il recommanda à la dame de faire sur ses biens une pension de cent écus à la famille la plus charitable du village.

Au bout de quelque temps, la dame fit annoncer qu'elle allait venir prendre possession du château, et deux jours avant celui qu'elle avait fixé, l'on vit dans le village une pauvresse étrangère qui allait de porte en porte, demander l'aumône. Dans la plupart des maisons, on lui répondait durement que le pain était cher, et qu'il n'y en avait pas de trop. Dans d'autres, tout en la rudoyant on lui donnait quelque liard ou quelque morceau de pain moisi, quelque pomme à moitié gâtée. Enfin, elle arriva près d'une cabane habitée par un paysan, sa femme et leur petit enfant. Comme la pauvresse grelottait de froid, et qu'elle avait la figure et les mains toutes violettes, tant elle souffrait de la rigueur de la saison, le paysan, sitôt qu'il la vit à sa porte, lui dit d'entrer et de se chauffer à son feu. Puis il lui versa un verre de vin, sa femme lui coupa un morceau du peu de pain qu'elle avait chez elle, et le lui donna, avec une tranche de jambon. Le petit enfant aussi se montra charitable et lui offrit la moitié d'un morceau de galette que sa mère venait de lui donner. La pauvresse s'en alla en les bénissant.

Le surlendemain, l'on apprit que la dame du château venait d'arriver, et les habitants du village furent invités par elle à dîner. On les introduisit tous dans une salle à manger, où il y avait une grande et une petite table. Celle-ci était couverte des mets les plus exquis, sur la grande il y avait beaucoup d'assiettes couvertes.

La dame fit placer à cette table tous les gens

du village, à l'exception de la famille qui avait secouru la mendiante, puis elle dit :

— Mon parent, qui m'a laissé ce château, m'a ordonné de faire une rente de cent écus au plus charitable d'entre vous. Pour pouvoir remplir ses volontés, j'ai voulu éprouver. C'est moi qui avant-hier ai parcouru le village sous l'habit d'une pauvressse. Chacun de vous peut se rendre justice, et se dire s'il m'a bien accueillie. Je n'ai trouvé de charitables que ce pauvre homme, sa femme et son fils : aussi auront-ils la rente de cent écus tant que l'un d'eux vivra. Je leur dois aussi un dîner; qu'ils se mettent avec moi à cette petite table, je vais le leur rendre le mieux qu'il me sera possible. Quant à vous autres, vous trouverez sur vos assiettes la juste récompense de ce que vous m'avez donné vous pouvez lever les couvercles.

Les paysans n'étaient pas fort satisfaits de ce ce discours, ils le furent encore moins de ce qu'ils trouvèrent devant eux; ceux qui n'avaient rien donné virent leurs assiettes absolument vides; les autres trouvèrent l'objet même qu'ils avaient remis à la pauvresse: l'un une croûte de pain, l'autre une pomme pourrie, l'autre un mauvais liard. Enfin un méchant petit garçon qui avait jeté à la pauvresse l'os qu'il rongeait trouva cet os qu'elle avait ramassé. La dame, après s'être amusée de leur surprise, ajouta :

— N'oubliez pas que vous serez ainsi récompensés dans l'autre monde.

31. LES TROIS BRIGANDS.

Dans un bois, trois brigands se tenaient en embuscade. Il vint à passer un marchand, qui portait avec lui des sommes considérables et des objets de prix ; les brigands le tuèrent et s'emparèrent de tout ce qu'il possédait. Ils résolurent de faire bonne chère, pour célébrer ce crime affreux, qui leur avait été si profitable. Le plus jeune se chargea d'aller à la ville voisine pour acheter du vin, des viandes cuites, enfin tout ce qui était nécessaire pour bien se régaler.

A peine fut-il parti que les deux autres se dirent :

— Si nous étions seuls à partager ces trésors, ils nous suffiraient pour vivre. Débarrassons-nous de cet autre quand il reviendra avec ses provisions. Dès que nous l'aurons tué, nous partagerons en frères, et nous irons vivre loin de ce pays.

Le troisième brigand se disait, de son côté :

— Si je pouvais me défaire de mes deux compagnons, tout l'argent serait à moi ! Je vais empoisonner leur vin, ils en boiront, périront tous deux, et je posséderai seul les trésors du marchand.

En effet, il acheta des vivres, mêla dans le vin un poison violent et retourna dans le bois.

A peine fut-il arrivé près de ses compagnons, que ceux-ci se jetèrent sur lui et le tuèrent à coups de poignard. Ils se mirent ensuite à manger, burent du vin auquel était mêlé le poison et expirèrent dans des douleurs atroces. Juste punition de la Providence ! preuve nouvelle que les méchants ne peuvent se fier les uns aux autres.

32. LE JUGEMENT D'UN SAGE.

Ben-Zabés était un sage de l'Orient ; il voyageait de ville en ville, visitait les peuples, étudiait leurs mœurs, conférait avec les prêtres, avec les savants, et partout recueillait ce qu'il y avait de bon dans les coutumes et dans les lois ; ce qu'il y avait de vrai dans les traditions et dans les annales. En échange de ces trésors de science qu'il amassait péniblement, il était toujours prêt à faire jouir chaque pays, et même tout homme qui le consultait, de la divine sagesse, fruit de sa longue expérience et de ses immenses travaux. Partout on le surnommait *le Sage*, on lui soumettait à décider les questions les plus épineuses, et il était très rare que ses réponses ne satisfissent pas ceux qui s'adressaient à lui.

Un jour, il arriva sur le midi, dans un petit village du *Curdistan*, dont j'ai oublié le nom ; il vit tous les habitants réunis sur la place publique, riches et pauvres, petits et grands, hommes, femmes, vieillards, enfants, maîtres et ser-

viteurs, la réunion était complète, personne n'y
manquait. On était gravement occupé : les uns
discutaient, d'autres étaient attentifs à ce qui se
passait dans une enceinte réservée, où trois
derviches, les anciens du village et le cadi ( )
magistrat du lieu), paraissaient tous fort em-
barrassés et dans une grande anxiété d'esprit.

Ben-Zabès passa à travers la foule, qui ne le
regarda même pas, et s'approcha du cadi.

« Ah ! s'écria celui-ci en l'apercevant, voici le
sage Ben-Zabès ; c'est le ciel qui l'envoie pour
nous tirer de peine. »

Tous les regards se portèrent alors sur le
Sage, qui salua l'assemblée et demanda ce dont
il s'agissait et ce qu'on souhaitait de lui.

Le plus vieux des derviches prit la parole ; il
expliqua qu'un riche habitant était mort le mois
précédent, et que, n'ayant pas de famille, il avait
légué tous ses biens à celui que les anciens et
les derviches reconnaîtraient pour le plus vertueux. Plusieurs concurrents avaient été dési-
gnés par la voie publique (la véritable vertu
est toujours modeste), et l'on ne savait qui choisir. « Mais vous, dont la sagesse remplit toute
l'Asie, vous saurez bien vite discerner quel est
le plus vertueux des prétendants. Au nom de
mes collègues, je vous supplie de décider entre
eux. »

Ben-Zabès s'assit, et l'on fit paraître devant
lui les concurrents.

Vint d'abord un pauvre homme, qui, après

avoir été longtemps en service dans la maison
d'un laboureur, avait vu son maître ruiné par
une inondation, au moment où la vieillesse lui
enlevait toutes les forces de l'esprit et du corps.
Ses parents, ses voisins l'avaient abandonné,
soit qu'ils eussent eu quelquefois à souffrir du
caractère un peu rude du laboureur; mais le
serviteur était resté fidèle à l'infortune, et avait
nourri son ancien maître du fruit de ses travaux.

Vint ensuite une jeune fille qui avait refusé
un riche établissement pour ne pas abandonner
sa mère malade, dont celui qui voulait l'épouser
ne pouvait souffrir la présence.

Vint ensuite un homme qui, dans un incendie,
avait laissé périr tout ce qui lui appartenait
pour sauver la vie d'un voyageur qu'il ne connaissait pas et auquel il donnait l'hospitalité.

— N'y a-t-il plus personne? demanda Ben-
Zabès.

— Il y a encore un concurrent, mais nous ne
vous le présentions pas, parce que tous, excepté
le cadi, nous lui avions préféré les trois autres.

— Faites-le venir, dit le Sage, votre cadi est
homme de sens; son opinion vaut la peine qu'on
l'examine.

Vint alors un habitant du village d'une figure
douce et paisible, et qui était entouré de plusieurs enfants. Quels sont vos titres? lui de-
manda-t-on.

— Moi, répondit-il, je n'en ai aucun; je suis

honteux qu'on m'ait mis sur le même rang que
ce serviteur fidèle, que la jeune fille qui a sa-
crifié son bonheur au bien-être de sa mère, et
que mon voisin qui a sauvé son hôte au prix
de sa maison. C'est le cadi qui l'a voulu, et cela
parce que j'ai bien élevé mes enfants, et que
j'ai pu rendre le même service à quelques
pauvres orphelins, qui aujourd'hui sont de
vrais croyants et peuvent vivre honorablement
de leur travail.

— Eh bien! tu recueilleras le legs. Les autres ne doivent passer qu'après toi, car les livres sacrés des anciens Perses disent : « Si
vous voulez être saint, instruisez les enfants,
car toutes les bonnes actions qu'ils feront seront vos œuvres. »

33. L'ANNEAU MAGIQUE.

M. Deville avait été obligé de se rendre au
Mexique pour recueillir une importante suc-
cession qui lui était échue dans ce pays;
comme il n'avait en France aucune fortune,
sa famille avait vu arriver cet événement avec
le plus grand plaisir.

Deux ans après son départ, le bruit se ré-
pandit que le navire sur lequel il revenait
avec ses richesses avait été capturé par un
corsaire. Cette nouvelle était fausse, car quelques mois après M. Deville aborda à Marseille,

sa ville natale, avec la fortune qu'il avait recueillie.

Dans la traversée, il s'était lié d'amitié avec M. Raymond, jeune médecin, qui avait fait le voyage pour s'établir au Mexique, et qui revenait en France, le climat du pays ne convenant point à sa santé.

En abordant, M. Deville apprit que toute sa famille, réunie dans une maison de campagne à une demi-lieue de la ville, célébrait la **fête** d'une parente. Pressé du **désir** de revoir ses proches après une si **longue** séparation, il se hâta d'aller les joindre, sans se donner le temps de faire parvenir ses bagages à terre, et encore vêtu de l'habit qu'il avait porté pendant toute la traversée. Cet habit était, il faut le dire, plus que modeste, et détérioré par un long usage.

M. Deville pria M. Raymond de l'accompagner, et lui assura qu'on le recevrait à bras ouverts. Ils arrivèrent tous deux à la maison de campagne où la famille était assemblée. La maîtresse de la maison fut appelée; c'était une tante de M. Deville; elle jugea, d'après le costume de son neveu, que la nouvelle répandue n'était que trop vraie, et qu'il revenait privé de toute ressource. Elle lui fit un froid accueil ; toutefois, elle ne crut pouvoir se dispenser de l'introduire, ainsi que son ami, dans la salle où l'on était réuni à table.

Les convives n'en jugèrent pas autrement

que la maîtresse du logis, et leur conduite ne
différa guère de la sienne. Aucun d'eux ne
parla du malheur éprouvé par M. Deville ; ils
craignaient tous que le récit des infortunes du
parent ne fût suivi d'une demande de secours.

Une seule personne paraissait prendre intérêt au cousin nouvellement débarqué ; c'était
la fille de la maison. Elle s'empressait de le
faire servir, ainsi que son ami, et tâchait, par
ses attentions, de lui faire oublier la réception
bien froide des autres membres de la famille.

M. Raymond était fort contrarié d'avoir con-
senti à accompagner un homme dont le retour
faisait sur sa famille une impression si fâ-
cheuse ; il se plaignait tout bas à M. Deville de
ce qu'il l'avait mis dans une fausse position.

— Vous vous inquiétez pour bien peu de
chose, lui dit celui-ci ; savez-vous pourquoi
l'on me fait mauvaise mine ?

— Vraiment non, je n'en puis comprendre
la cause.

— C'est qu'un enchanteur m'a jeté un sort
qui me rend méconnaissable.

— Quelle plaisanterie !

— Heureusement j'ai sur moi un anneau
magique qui va détruire l'enchantement.

En disant ces mots, il tira d'un petit écrin,
qu'il avait dans sa poche, une magnifique
bague de diamant et la mit à son doigt Les
pierres jetaient un tel éclat, que bientôt elles
attirèrent l'attention des personnes qui étaient

placées près de M. Deville. La nouvelle passa de bouche en bouche, et comme le joyau était de très grand prix, tout le monde pensa qu'il fallait être fort riche pour le posséder, et qu'un homme nécessiteux eût dû en faire depuis longtemps ressource.

Alors celui qui avait été si froidement accueilli, parce qu'on le croyait pauvre, fut, dès qu'on le crut riche, accablé de marques d'affection et de prévenances; chacun lui fit fête, toutes les figures s'épanouirent, on lui demanda le récit de son voyage, et quels étaient ses projets pour l'avenir. Enfin, ses plus proches parents ne pouvant plus modérer l'ardeur de l'amitié qu'il venait si subitement de leur inspirer, se levèrent de table pour l'embrasser; les autres vinrent lui serrer la main.

— Eh bien! dit M. Deville à son ami, maintenant croyez-vous à la vertu de mon anneau magique?

— Mais oui, dans un certain sens j'y crois. Le mauvais sort qu'on avait jeté sur vous, c'était le vieil habit qui vous donne l'air d'un homme ruiné, et la bague de diamant a rompu ce charme en montrant qu'il couvre un Crésus.

Le soir, en faisant ses adieux à sa famille, M. Deville mit la belle bague au doigt de sa jeune cousine en lui disant:

— Permettez à votre cousin qui est riche de vous témoigner la reconnaissance que vous doit le cousin que vous croyiez pauvre. 6

34. LE MEURTRIER.

Jérôme était un garde-chasse qui remplis-
sait fidèlement les devoirs de sa place. Un
jour il rencontra, sur les terres de son maître,
Félix, un de ses amis, qui braconnait, c'est-à-
dire qui chassait sans permission. Il l'avertit
que, s'il le surprenait une seconde fois, il ne
pourrait se dispenser de faire son devoir.
Félix rit de la menace, et peu de jours après,
ayant été rencontré de nouveau par Jérôme au
moment où il tirait un daim sur les terres que
gardait celui-ci, il ne put, malgré ses prières,
empêcher Jérôme de dresser son procès-verbal.

Le maître voulait un exemple, il cita Félix
devant le tribunal, et le fit condamner à une
amende ; cette amende était bien légère ; toutefois Félix, furieux d'avoir été appelé en justice, conçut une haine mortelle contre le propriétaire et le garde-chasse. Pour se venger du
premier, il continua de braconner chaque jour
chez lui ; mais il faisait en sorte d'échapper à
l'œil vigilant du second. Cependant un soir
Jérôme le surprit en flagrant délit ; une dis-
cussion s'éleva entre eux, et le braconnier tua
le garde-chasse d'un coup de fusil. Personne
n'avait vu commettre le crime ; aussi Félix
évita-t-il le châtiment qui lui était dû.

Après ce cruel événement, il voulut renoncer à la funeste habitude qu'il avait contractée; mais, pour le punir sans doute, Dieu avait fait dégénérer en une véritable passion le goût qu'il avait pour la chasse. Il ne cessa donc pas de braconner et de s'attirer de temps en temps des procès, qu'il finit par regarder comme les conséquences nécessaires de sa conduite coupable.

Jérôme, en mourant, laissa une veuve et un enfant de dix ans environ. Douze ans plus tard, cet enfant, élevé par l'un de ses oncles pour la profession de son père, prit la place que celui-ci avait occupée. Le maître avait toujours témoigné un vif intérêt au fils de l'homme mort à son service; il célébra par une grande chasse l'installation de son nouveau garde. Les chiens débusquèrent et poursuivirent un superbe chevreuil. Au moment où l'animal passait à une grande distance d'Hubert (c'était le nom du nouveau garde-chasse), il lui tira un coup de fusil qui le blessa, et voulut l'achever d'un second coup. A peine l'eut-il fait partir, qu'il entendit sortir des broussailles qui se trouvaient dans la direction du chevreuil un grand cri accompagné de ces mots : *Il m'a tué!*

Hubert et les autres chasseurs se précipitèrent vers l'endroit d'où partait cette voix; ils y virent un homme étendu à terre, et baigné dans son sang. On le reconnut bientôt : c'était

Félix le braconnier, qui, surpris au moment où il chassait, s'était caché dans ce fourré.

Hubert pleurait à chaudes larmes, s'accusait d'avoir commis un meurtre, voulait visiter la plaie de Félix et lui demandait pardon, protestant de son innocence. Dès que Félix l'eut envisagé, il frémit de la tête aux pieds, comme s'il eût reçu une nouvelle blessure. Pendant quelques instants, il le regarda fixement, et lui dit enfin :

« Recule-toi, Hubert, et cesse de me de-
» mander pardon ; sans le vouloir, sans le
» savoir, tu viens de venger ton père. C'est
» moi qui, il y a douze ans, assassinai Jérôme,
» pour l'empêcher d'accomplir son devoir.
» Mon crime resta ignoré de tous ; mais Dieu
» le savait, et il t'a amené par la main pour
» me punir au moment qu'il avait fixé. C'est
» justice. » En prononçant ces mots, il expira.

35. LE MANTEAU.

Bérard exerçait dans un gros bourg la profession de maréchal ; il voulait laisser sa boutique à son fils unique ; mais celui-ci, ayant atteint l'âge de vingt ans, fut obligé de partir comme soldat. Peu de temps après, le père tomba malade ; sa maladie fut longue, et quand il fut revenu à la santé, il avait perdu une partie de ses pratiques. A la même époque,

Il éprouva une banqueroute qui lui enleva ce qu'il avait économisé pendant trente ans de travail, et le pauvre homme se trouvait tout-à-fait ruiné.

Ne voulant pas vivre misérable dans un pays où il avait joui de l'aisance, il alla demeurer dans un petit village à cinquante lieues de là, et fut obligé, pour gagner sa vie, de travailler comme ouvrier chez un maréchal.

Ce village, où résidait alors Bénard, n'était pas très éloigné de la frontière du royaume d'Espagne, avec lequel l'on venait de terminer la guerre. Un soir, des soldats qui rentraient en France vinrent demander au maire un guide pour les mener, à deux lieues, dans une petite ville où se trouvait le régiment dont ils faisaient partie. On chargea de les conduire un pauvre journalier, auquel on promit un léger salaire.

Au moment de se mettre en marche, le temps était très humide et très froid. Les soldats, couverts de leurs capotes, ne s'en inquiétaient guère ; mais le pauvre journalier, légèrement vêtu, craignait de souffrir beaucoup de la bise et de la pluie, d'autant plus qu'il avait à faire un double trajet ; il lui fallait aller et revenir. Il pria donc quelqu'un des paysans de lui prêter un manteau, tous s'y refusèrent. Il ne s'adressa pas à Bénard, qu'il savait aussi pauvre que lui, mais celui-ci vint de lui-même lui dire qu'il avait un vieux manteau et qu'il le lui offrait avec plaisir.

Le journalier accepta et partit ; il ne revint pas le soir même, déjà l'on disait à Bénard qu'il ne reverrait plus son manteau. Lui, qui éprouvait chaque jour que la misère peut bien être la compagne de la probité, pensait qu'un accident imprévu avait retardé le retour du guide.

En effet, on le vit revenir le lendemain matin ; il n'était pas seul, un jeune et brillant capitaine, décoré de deux croix, l'accompagnait ; tous deux se rendirent à la demeure de Bénard, et dès qu'il l'eut aperçu, l'officier se jeta dans ses bras, en criant :

— Mon père, je vous retrouve donc enfin !... C'était le fils de Bénard, qui ne l'avait pas vu depuis trois ans.

Le fils raconta à son père que plusieurs actions d'éclat lui avaient valu son grade et ses décorations.

— Mes succès, ajouta-t-il, m'auraient rendu complètement heureux, si je n'avais été inquiet sur vous. Depuis dix-huit mois je n'ai pas reçu de vos nouvelles. On m'a écrit du pays que vous l'aviez quitté après avoir éprouvé des pertes qui vous enlevaient votre petite fortune. Un instant j'ai espéré que vous viendriez me rejoindre, mais je ne vous ai pas vu, et malgré mes demandes réitérées, malgré les recherches que j'ai fait faire, je n'ai pu connaître votre nouvelle résidence. Le père répondit qu'il n'avait pas voulu affliger son fils en lui faisant connaître une misère qu'il le croyait hors d'état de soulager.

L'officier termina ainsi son récit :

— J'ai été bien étonné hier en voyant cet homme, qui servait de guide à des soldats de ma compagnie, porteur de votre manteau. Je ne pouvais confondre ce manteau avec un autre, puisque l'agrafe porte votre chiffre que j'ai gravé moi-même sur une petite plaque de cuivre. J'ai demandé à qui il appartenait, et j'ai su avec bonheur que la mauvaise fortune ne vous avait pas changé, et que le plaisir que j'allais goûter en vous retrouvant bien plus tôt que je ne l'espérais, je le devrais à un acte de votre humanité envers un homme qui n'est pas plus riche que vous.

Bénard quitta le village le jour même pour accompagner son fils, et celui-ci, ayant obtenu un poste qui lui donnait une résidence fixe, le bon père eut une vieillesse paisible auprès d'un fils digne de lui.

36. LES LORIOTS.

L'hiver était très rigoureux ; Robert et Berthe, frère et sœur, avaient reçu chacun de leurs parents un petit sac de blé, pour aller le porter au moulin et en rapporter la farine nécessaire pour faire le pain de la famille.

— Allez, mes enfants, leur avait dit la mère, et faites-vous bien rendre votre compte, car la farine est chère cette année. Je promets à celui de vous deux dont le sac sera le mieux rempli une petite galette que je ferai cuire en même temps que notre pain.

Berthe et Robert eurent grand soin de ne pas perdre de grains sur la route ; mais en arrivant au moulin, Berthe vit au pied de la haie dont était clos le jardin du meunier un grand nombre de petits oiseaux qui cherchaient de quoi manger et ne trouvaient rien : l'année avait été mauvaise pour les animaux comme pour les hommes. En regardant ces oiseaux, Berthe laissait tomber à terre quelques grains ; ils vinrent se les disputer jusque sous ses pieds.

— Ah ! mon frère, dit-elle, vois donc ! ce sont les pauvres loriots qui nous amusaient tant par leur vivacité et leur ramage, l'été dernier ; en vérité, je ne puis les laisser mourir de faim ; et en parlant ainsi elle leur jeta deux ou trois poignées de blé ; les oiseaux se précipitèrent dessus comme des affamés.

— Tu viens de faire quelque chose de beau ! répondit Robert. D'abord tu as perdu tout ton droit de galette, car moi qui ai plus de blé, j'aurai certainement plus de farine ; ensuite, tu as donné trois poignées de grains, pourtant tu sais qu'il est très cher, et qu'à la maison nous n'en avons pas beaucoup. Va, nos pa-

rents te gronderont ; tu avais bien besoin de
te laisser aller à cette sotte compassion !

— Mon cher frère, répliqua Berthe, je tâche-
rai que personne ne souffre du plaisir que j'ai
eu à nourrir ces oiseaux. D'abord, toi, tu y
gagneras la galette; et quant à nos parents,
pour les indemniser de ce que je leur ai en-
levé, j'irai ce soir me coucher sans souper.
Robert, en entendant cette réponse, se moqua
de sa sœur, et ses plaisanteries ne cessèrent
pas jusqu'à ce qu'ils fussent arrivés au moulin.

On fit moudre aussitôt ce qu'ils apportaient;
lorsqu'on leur rendit leur farine, il arriva une
chose étrange : Robert trouvait exactement son
compte, et cependant Berthe avait plus de
moitié en sus. On fut obligé de lui prêter un
autre sac.

— Bon Dieu ! dit Robert, d'où peut pro-
venir cette augmentation? n'est-ce point un
miracle que Dieu a fait en faveur de ma sœur,
parce qu'elle a secouru de pauvres créatures!
Oh! je me repens de l'avoir blâmée, et de
m'être moqué d'elle. Elle a bien fait, puisque
Dieu l'a récompensée. Berthe, qui était fort
pieuse, se montrait aussi disposée à concevoir
la même idée; mais le meunier leur dit :

— Enfants, ce qui s'est passé n'a rien de
surnaturel. J'étais derrière la haie de mon
jardin quand vous êtes arrivés au moulin. J'ai
entendu votre conversation, j'ai pu juger de la
bonté du cœur de Berthe, et j'ai voulu la ré-

compenser. Cependant, vous devez conserver la même reconnaissance envers la Providence divine, puisque dans cette circonstance je ne suis que son instrument, et que c'est elle qui, pour vous encourager au bien, m'a inspiré la volonté et donné le pouvoir de récompenser la charité de Berthe.

FIN.

TABLE.

—

FIN DE LA TABLE.

Limoges — Imp. Eugène ARDANT et Cie